JOAN WENG

DIE ROTE TÄNZERIN

DIE NACHT IST IHRE
BÜHNE, IHRE KUNST
UNBEZÄHMBAR

ROMAN

atb aufbau taschenbuch

MIX
Papier | Fördert gute Waldnutzung
FSC® C083411
www.fsc.org

ISBN 978-3-7466-3832-4

Aufbau Taschenbuch ist eine Marke
der Aufbau Verlage GmbH & Co. KG

1. Auflage 2022

Umschlaggestaltung www.buerosued.de, München
unter Verwendung eines Bildes eines unbekannten Fotografen,
Anita Berber, 1921–1925, © Sammlung Stadtmuseum Berlin –
Archiv Deutsche Staatsoper und © Evgeniya Babaeva/AlamySatz
Druck und Binden CPI books GmbH, Leck, Germany
Printed in Germany

www.aufbau-verlage.de

FÜR MEINE MÄNNER

1923

Nackte Weiber! Nackt bis auf die Haut!

So hatte es ihm der Schlepper auf der Münsinger Straße zugeraunt, vertraulich, freundschaftlich fast, so als teile man ein Geheimnis oder habe zumindest Seite an Seite mit der Fresse im französischen Matsch gelegen.

Das war Masche und nicht mal originell. Warum war er darauf reingefallen und hierhergekommen?

»Die weiße Maus« bot ihm nichts, was er nicht schon tausendmal erlebt hatte. Stickige, tabakgesättigte Luft, von einem mattglänzenden Deckenventilator gleichermaßen mühsam wie vergeblich verquirlt, auf sündig gedimmtes Licht, Ausländer, zum Überlaufen voll mit Devisen und gepanschtem Sekt. Und dazu Weiber, halb nackt im Publikum und auf der Bühne ganz. Nichts, was er gerade nicht überall zu sehen bekam. Mit dem Laub waren auch die Kleider gefallen.

Das klang nett, aber es stimmte nicht, Schamlosigkeit war nicht erst seit Herbst in Mode. Außerdem war Otto kein Dichter.

Er war Maler.

Und als solchem gingen ihm momentan die Motive flöten. Niemand schockierte sich heute noch an einer Hure bei der Morgentoilette, die Zeiten, dass man ihm dafür den Prozess hatte machen wollen, waren vermutlich bald vorbei.

Wen interessierte das heute noch, wenn man schon für einen lächerlichen Betrag wie 10 Milliarden die Frau eines Oberlehrers haben konnte? Eine anständige, schamhafte Frau, vor Krieg und Inflation als Jungfrau in die Ehe gegangen. Noch mal ein Milliönchen obendrauf, da rezitierte der Gatte einem dabei was aus der *Ilias*. Die Beamten, die traf es am härtesten, deren Gehälter hinkten dem Dollarkurs immer ein paar Wochen, wenn nicht Monate hinterher.

»Was möchte der Herr trinken?« Der Kellner war noch keine vierzehn. Die rundlichen Bubenwangen waren mit Kohlenstaub auf hager geschminkt, und mit der Pomade im Haar und in dem eleganten Abendanzug sah er aus wie ein verdorbener Konfirmand. Ob seine Eltern davon wussten? Ob es sie interessierte, ob es sie überhaupt gab? Vielleicht waren sie ja froh?

Allemal besser als auf der Lindenpassage, und bestimmt war die Bezahlung auch üppiger. Strichjungen gab es so viele, französische Liebe kriegte man schon für 5 Millionen. Mit Pennälermütze war es aber teurer, was zu einem schwunghaften Handel mit Schuluniformen geführt haben sollte.

»So is dat eben in Berlin!«, schallte es von der Bühne, und die Töne waren so unsauber, wie Otto sich die Füße der Sängerin vorstellte. Von anderen Körperregionen mal ganz abgesehen. Grässlich, am liebsten würde er einfach gehen. Nach Hause, zum Mutzli und der kleinen Nelly. So ein Wunder, alle beide. Seine Frauen. Wie rein der Hals eines Neugeborenen duftete. Es müsste ein Wort dafür geben. Vielleicht gab es das sogar, nur kannte er es nicht. Er war ja kein gebildeter Mensch.

»What would you like for drink?«, erkundigte sich der verdorbene Konfirmand nun mit einem Akzent, der vielleicht amerikanisch klingen sollte.

Ottos ausbleibende Reaktion hatte ihn wohl zu der Hoffnung verführt, hier säßen ausländische Devisen. So ganz abwegig war der Gedanke nicht, denn Ottos Anzug war makellos, der schwarze Lack seiner Schuhe glänzte wie der Potsdamer Platz bei Regen, und die blonden Haare trug er tatsächlich nach amerikanischem Vorbild streng zurückgebürstet.

Mein Jimmy, mein Dandy, so neckte das Mutzli ihn manchmal, aber nur ein bisschen und mit diesem lieben Glitzern in den Augen, sie wusste um seine Schwächen. Und im Übrigen waren es auch die ihren.

»Wu desire?«, fragte der Junge nun schon weniger enthusiastisch, denn Franzosen hatten den Ruf, beim Trinkgeld zu knickern. Und die Huren, die erzählten sich auch so Geschichten, was diese Franzosen von einem Mädchen für Schweinkram wollten – und beim Preis immer ein Geschacher, als käm's heut noch auf eine Milliarde mehr oder weniger an.

Otto aber zögerte noch immer. Wenn er etwas bestellte, müsste er bleiben. Und er hatte weder Geld noch Zeit zu verschwenden. Da war es wieder, dieses Gefühl. Das hatte er schon gehabt, als ihn der Schlepper auf der Münsinger Straße angesprochen hatte.

So ein Gefühl wie an der Front, wenn alles noch ruhig war und man doch spürte: Das gibt Kattun. Da war etwas, ein elektrisches Knistern der Luft, ein unterschwelliger Misston, wie das Surren einer Mücke. Otto war, als könne er diesen Ton tatsächlich wahrnehmen, heraushören aus dem treibenden Jazz der Kapelle, aus dem dröhnenden Gelächter der besoffenen Spekulanten und dem gezierten Gekicher der Huren.

Er ließ seinen Blick schweifen, suchend. Die Gäste trugen Samtmasken, der neuste Clou und so sinnlos wie ein Markstück, denn jeden Moment lüftete jemand die seine, tupfte sich Schweiß von Wangen und Stirn. Auch waren die Augen frei, und die waren es doch, die die Menschen verrieten.

Der breitgebaute Rotschopf am Nachbartisch, der zum Beispiel war geschäftlich hier. Natürlich verstand Otto nicht, was er auf seine elegante Begleiterin im ausländischen Pelz einredete, aber ein Flirt war das nicht, auch wenn die Schönheit das vermutlich glaubte. Der Rotschopf, der hatte Frau und Kinder daheim, letztes Jahr noch, da war er Herr über ein Sparbuch und in leitender Position gewesen. Alles futsch, alles kaputt, und nicht mal ein originelles Motiv gab er ab.

Auch die beiden Männer im Maßanzug, die schon wieder nach Champagner verlangten, jeder zwei Girls neben sich, auf sich, alle grimmig zum Amüsemang entschlossen und dabei ein Blick, als ging's in den Graben. Die Jahre im Krieg, all die verlorenen Tage und Stunden, die mussten sie nun wieder reinholen, diese knickerigen Zählmeister ihrer eigenen Lebenszeit.

Trotzdem kein Motiv für Otto, das überließ er Grosz.

Die Luft zum Schneiden, der Saal voll besetzt.

Was sollte Otto hier? Warum ging er nicht nach Hause, zu Frau und Kind? Was suchte er?

Er konnte doch den Krieg malen, seine Alpträume und Schreckensvisionen, die gingen ihm so schnell nicht aus, da hatte er Vorrat. Oder sollte er ein Kinderbuch machen? Da hatte er Ideen, jetzt, seit er dem Würmchen Abend für Abend ins staunende Gesicht erzählte.

Und wenn alle Stricke rissen, dann wurden sie eben doch Profitänzer, das hatten das Mutzli und er sich schon so halb fest vorgenommen gehabt, sogar bereits mit Werbebildern. Warum auch nicht, gut genug waren sie allemal.

Was also suchte er? Hier in dieser Kaschemme?

»Wenn Sie nichts trinken wollen, dann müssen Sie gehen«, versetzte der verdorbene Konfirmand nun überhaupt nicht mehr freundlich und auch nicht weltmännisch. Um seine Worte zu unterstreichen, drehte er sich schon halb weg, wandte sich in Richtung eines Gorillas im zu kleinen Stangenanzug. Der stand bisher an der Tür zur Garderobe, schien ganz versunken in das Kneten seiner einmal zu oft gebrochenen Nase, nun aber kam Leben in die massige Gestalt, genüsslich kugelte er die Schultern nach hinten. Fast war Otto, als könne er die Nähte krachen hören. Diese überwachen Sinne, die waren ein Andenken an den Krieg, die bekam man gratis dazu, genau wie die Alpträume und den Ekel vor Bratenduft.

»Also?«, fragte der Ober, und Otto bestimmte kurz entschlossen: »Einen Sekt«, ergänzte dann ein wenig zu hastig: »Glas, nicht Flasche.«

Aus hübschen, schwarz umkohlten Veilchenaugen sah ihn der Konfirmand einen Moment abschätzig an, die helle Stirn schien sich krausen zu wollen, dann zischte er halblaut: »Wenn Se nach der nächsten Nummer abziehen, bring ich Ihnen für 100 Millionen Soda mit Schnaps. Ist ein Sonderpreis, und dafür machen Se mich den Tisch frei.«

»Wer kommt als Nächstes?«, fragte Otto unsicher. Nachdem der Bengel ihn sowieso für arm hielt, konnte er ihn auch für dumm halten, da kam es nicht mehr drauf an.

»Na, die Berber!«

Wie konnte ein Mensch so unwissend sein? Jetzt lag ein kaum verhohlenes Mitleid in dem auf hart geschminkten Bubengesicht. Vor dem Krieg, vor der Inflation, da hatten nur kleine Brüder solche Blicke abbekommen – halb stolze Überlegenheit, halb Unglaube.

Fast schien der Bub ihm ein Lächeln schenken zu wollen, aber so weit ging es nicht. Wer umsonst lächelte, verlor eine Einnahmequelle.

»Die Berber, das ist unser Zugpferd, und es ist ihr erster Auftritt heute Abend. Entre nu, der erste ist immer der beste. Also ick meine, für enen netten Herrn wie Sie. Vor dem Krieg hätten se so eine weggesperrt, das sagt mein Vater immer.« Er hatte also einen, sogar einen mit konservativer Meinung. In vertraulichem Ton fuhr der Konfirmand fort: »Nach Mitternacht gibt's meistens Bambule. Letzte Woche, da hat sie einem aufs Gedeck gepisst. War kein schöner Anblick. Is einfach 'ne Topsau, die Berber.«

Otto wollte nicken, doch dann ließ er es. Das Gefühl, der Misston, hielt ihn davon ab. Immer wollte Otto alles sehen, alles erleben, notfalls ersterben. Die Berber, dieses Eitergeschwür Berlins, dieser Dämon, dieser Nachtalp jedes sittsamen Bürgers – die, nein das, das musste er sehen. Deshalb also war er hergekommen!

Das war ein Motiv!

»Bringen Sie mir Champagner! Große Flasche, und die anderen Gedecke weg, es kommt niemand mehr«, wies Otto den verblüfften Kellner an und knallte ihm gleich einen ganzen Stapel druckfrischer Millionen auf das Marmortischchen. Eigentlich hätte er damit noch drei Tage auskommen müssen, sein Zugticket nach Hause, nach Düsseldorf, galt erst ab Freitag. Egal, er würde durchkommen, war ja immer durchgekommen.

Wenn er schon fern von Mutzli und Nelly die Nacht verjagte, dann durfte er nicht aus kleinlicher Sparsamkeit das ersehnte Wild vor der Nase wegspringen lassen. Trotzdem, ganz wohl war ihm nicht.

Doch schon hatte der Kellner das Geld geschnappt, das Dämmerlicht noch einmal gedämpft, und die Kapelle holperte unelegant aus dem treibenden Jazz hinein in eine schwüle Tangomelodie. Gespannte, fast andächtige Stille trat ein und dann plötzlich, unmelodisch, schmerzhaft wie ein unerwarteter Schlag in den Magen, eine schrill aufwimmernde Geige.

Da war sie, mit einem Raubkatzensatz mitten auf die Bühne war sie da, übergangslos, unmittelbar.

Und sie tanzte.

Tanzte, als sei sie durch reinen Zufall auf diese Bühne getaumelt, tanzte, als gäbe es keine Scheinwerfer, kein gierig gaffendes Publikum, nur sie und die Musik, eins waren sie und doch nicht, verbunden und doch zwei, wie Mutter und Neugeborenes an der Nabelschnur.

Eine Geburt.

Wie im Wahn wirbelte die Gestalt dort im Licht, drehte sich wie toll im Kreis und immer weiter im Kreis, von bunter Seide umflattert, die Haut weiß gekalkt, das Haar karmesinrot gefärbt. Das Saxophon kam kaum hinterher, und das Publikum? Es gab keine Zuschauer mehr, keine Ausländer, keine Schieber, Spekulanten, Huren, nur noch ein Augenpaar, fest auf die Tänzerin gerichtet, nur einen einzigen stoßweise gehenden Atem, nur noch einen Wunsch: zu besitzen! Dieses in seiner Freiheit, seiner Unabhängigkeit so freche Wesen! Die Zähne hineinzuschlagen, die Nägel und … o ja.

Otto schüttelte den Kopf, griff gierig nach der vollen Champagnerflöte – wann war sie gebracht worden? –, trank hastig, füllte nach, trank noch ein Glas. Schüttelte abermals den Kopf. Heiße Wangen hatte er, nicht wegen der drückend dampfenden Hitze und nicht vom Alkohol. Vor Scham. Solche Gedanken! Noch ein Glas.

Das Zucken, das Drehen, das Wirbeln, das Kreischen der Geigen, es raste dem Höhepunkt entgegen, und dann mitten im Sprung brach die Wilde zusammen, stürzte haltlos zu Boden, auf die dreckige Bühne, blieb leblos liegen, wie tot.

Langsam kam wieder Leben ins Publikum, die andächtige Stille begann zu bröckeln, manche klatschten, unsicher, verschämt. Durfte man das? In der Kirche, im Kreißsaal, auf dem Friedhof, da klatschte man nicht.

Der Zauberbann begann zu verfliegen – zurück blieb kaum zu unterdrückende Wut. Eine kindische Wut darüber, dieses Geschöpf dort nicht haben, nicht besitzen zu können. Die Ersten, die Betrunkeneren, fingen schon an, Schlüpfrigkeiten zu zischen, lauter und lauter wurden sie, schon füllte ein zorniges Grölen den Saal, doch Otto hörte es nicht mehr, sah nicht mehr, wie die Frau auf der Bühne ihr feucht glänzendes Gesicht hob, Schmutz und Zigarettenstummel im zerzausten Haar und im Blick die Angst des tödlich getroffenen Tieres.

Schon war er aufgesprungen, mit polternd umstürzendem Stuhl und unter Zurücklassung einer viertel vollen Flasche Champagner. Nur weg! Nur Flucht.

Nie war er geflohen, der Frontsoldat, nicht in Russland, nicht in Frankreich, nun aber floh er. Das dort, diese Frau, das war kein Motiv!

Das war Gefahr.

Frühling 1925

Na, die Berber natürlich.«

Ihr Name. Ein Granateinschlag direkt neben seinen Füßen, beiläufig in das Frühstücksidyll geschleudert.

Lichtflecken auf der weißen Tischdecke, Narzissen in einer grünen Pressglasvase, Brötchenduft, Kaffeegeschmack und Mutzli, morgenschön zerzaust im blauen Seidenkimono. Und er plötzlich zitternd. Die Berber, natürlich.

»Im ›Ballhaus Jungmühle‹, wie gesagt. Hier steht, es gibt noch Restkarten an der Abendkasse.«

Otto nickte und wollte nach seinen Zigaretten greifen, hielt jedoch inne, nahm stattdessen einen Schluck Kaffee. Echter Bohnenkaffee, schwarz und stark, keine Milch, kein Zucker. Was für ein Genuss nach all den Jahren Bucheckern und Karlsbader Kaffeegewürz. Ziemlich lange hielt er sich die Tasse an die Lippen, so als wollte er gleich noch einmal trinken. Zeit gewinnen. Sich klar werden, warum sein Herz ihm bis zum Hals schlug. Albern war das. Um nicht zu sagen lächerlich. Sich derart anzustellen. Als Nächstes bekam er noch Nervenfieber wie so ein verwöhntes Junkerknäblein.

»Ich würde die Berber einfach schrecklich gerne einmal sehen. Es geht doch nicht an, die Dämonin für eine Vorstellung in Düsseldorf, und wir gehen nicht hin!« Ihre hellen Wangen röteten sich freudig. »Ach, stell dir bloß vor: Mutz und Toy machen die Nacht unsicher. Wie in alten Zeiten. Ich werde gleich das Kindermädchen instruieren. Nelly wird das schon irgendwie aushalten. Da müssen Kinder halt durch.«

Otto nickte und bemühte sich um ein Lächeln, aber eigentlich zog er nur die Mundwinkel in Richtung Ohren.

»Wirklich kaum zu fassen, dass wir die Berber noch nie gesehen haben. Gerade du! Das wäre doch ein wundervolles Motiv? Vielleicht sitzt sie dir Modell für ein Porträt.«

Warum erschreckte ihn der Gedanke derart?

Diese Frau, diese Anita Berber.

Damals, 1923 in Berlin, hatte er irgendwann in seinem schäbigen Hotelzimmer gelegen, kaum wissend, wie er dort nur wieder hingekommen war, am ganzen Körper zitternd und in kaltem Schweiß gebadet, von wirren

Träumen, von Fieberphantasien gepeinigt. Und kaum zurück, hatte er gemalt wie besessen, den Krieg und immer wieder den Krieg. Den Krieg und seinen Frieden, seine Mutzli. Seine schöne Frau, sein Liebstes.

Und jetzt wieder diese Frau, diese Anita Berber.

Das war doch lächerlich.

Das in Berlin, das war vermutlich einfach eine körperliche Reaktion auf gepanschten Sekt gewesen. Die verschnitten das Zeug doch mit allem, was sie bekamen. Man konnte froh sein, wenn man hinterher nicht blind war. Das hatte er sich schon oft gesagt, und er sagte es sich nun wieder, aber sehen wollte er dieses grauenvolle Geschöpf trotzdem nicht.

»Weißt du, was mir meine Schwester gestern erzählt hat?«, plapperte das Mutzli indessen munter weiter, ganz vertieft in Vorfreude und Frühstücksgenuss. »Ich habe keine Ahnung, ob die Geschichte stimmt, aber meine Schwester hat es von ihrem Friseur, und der ist wiederum der Bruder des Mannes, der dem Scheidungsanwalt der Berber die Haare schneidet. Die Faktenlage ist also eindeutig und gesichert.«

Krumen spritzend biss sie in ein Milchbrötchen, sah ihn mit glänzenden Mandelaugen verschmitzt an. Kauend fuhr sie fort: »Also, es muss bei ihrer letzten oder vorletzten Scheidung gewesen sein. Keine Ahnung, wie oft die verheiratet war, aber bei einer ihrer Scheidungen jedenfalls, da hatte sie einen Anwaltstermin. Und weil die Berber nie pünktlich erscheint, sagt ihr das Tippfräulein an der Rezeption immer, sie solle schon zwei Stunden früher kommen.«

»Wenn man sich öfters scheiden lässt, dann kennt einen der Anwalt schon. Vielleicht gibt's sogar Stammkundinnenrabatt?« Otto grinste ein bisschen stolz auf sich. Und auf seine Frau, wie leger sie über Scheidungen sprechen konnte, dabei war die vom Mutzli kein Zuckerschlecken gewesen, ganz egal, wie freundschaftlich Hans nun immer tat. Und ihre Kinder mit Hans, die sagten jetzt *Frau Tante Martha* zum Mutzli, wenn sie sie überhaupt mal sehen durfte. Heute Morgen jedoch war Mutz weit entfernt von derartiger Trübsal, in aufgekratzter Frühlingslaune gab sie ihm recht: »Genau, der Anwalt, der weiß schon Bescheid. Sie hat immer den 15-Uhr-Termin, das kann sie sich wohl gut merken, da kommt sie immer gleich nach dem Aufstehen.«

Otto lachte anerkennend und erstaunt, für ihn war das Bohèmeleben weitgehend vorbei. Mit Frau und Kind und halbwegs gesicherten Einkünften, da schlief man an wilden Tagen bis halb neun.

»Aber das ist noch gar nicht die Geschichte!«, strahlte Mutzli und griff über den Tisch nach seinen Händen. Rührend freute sie sich an dem schönen Klatsch. »Also stell dir vor, einmal, da wurde es 15 Uhr, die Berber kam nicht, es wurde 16 Uhr, die Berber kam nicht, dann, um halb fünf, geht plötzlich die Tür auf, und sie steht da. Groß zurechtgemacht, weiß gepudert, mit schwarzem Schleierhut und blutroten Lippen. Vor allem aber in einem Nerz, einem riesigen, bis zum Boden reichenden Mantel. So einem dicken Nerz, wie ihn nur sagenhaft schlanke Frauen tragen können. Ich, ich säh darin aus wie ein Eisbär vorm Winterschlaf.« Darauf biss sie gleich noch mal beherzt ins Brötchen, sprach Krumen verteilend weiter. »Also der Kanzleibursche, der nimmt der Berber den Mantel ab, und stell dir vor, darunter, darunter trägt sie nichts!« Sie kaute vergnügt. »Nichts außer Strumpfgürtel und Strümpfe. Nackt, wie Gott sie schuf! Einen Moment waren alle völlig schockiert, der Friseur meinte, man hätte eine Stecknadel fallen hören können, so still war es. Und dann hat die Berber plötzlich begonnen zu weinen, richtig geschluchzt hat sie, die ganze Schminke ist ihr zerlaufen. Und alle haben versucht, sie zu trösten, und der Anwalt hat beteuert, das könne ja jedem einmal passieren, und weißt du, was sie da gesagt hat? ›Sie verstehen nicht, in meiner Kostümjacke ist doch meine Tabatiere! Ich habe jetzt keine Zigaretten. Wie soll ich den Tag ohne meine Tabatiere überstehen?‹, hat sie gesagt!«

Das Mutzli lachte breit und laut, und Otto tat es ihr gleich, sagte halb tadelnd, halb anerkennend: »Also das ist wirklich eine Topsau.«

»Und wir, wir sehen die heute Abend. Nicht wahr, Toy, du glaubst auch, dass es klappt. Nicht wahr, du glaubst ganz fest daran?«

Und weil Otto zu den Menschen gehörte, die immer das Schlimmste erwarteten, konnte er mit Bestimmtheit sagen: »Ja, das klappt.«

Frau Leopold gehörte zu den Menschen, die wussten, dass am Ende immer alles gut würde. Und war es noch nicht gut, dann war es nicht das Ende.

Sie selbst war der Beweis, dachte sie, wie sie so im lindgrünen Aprillicht in ihrer Küche stand. Es roch nach warmer Milch, nach Karlsbader Kaffeegewürz, nach Haferflockenbrei mit geriebenem Winterapfel, nach Seife und ein bisschen nach Babyspucke.

Bis zum Ellenbogen steckten ihre sommersprossigen Arme im Spülwasser, eigentlich würde Frau Leopold gerne beim Abwasch singen, laut und falsch und voll Freude am Geschenk dieses Morgens, doch sie traute sich nicht – sie hatte sich ihr Nettchen umgebunden, und nun schlief es endlich. Vier Kinder, alles gute Esser, aber miserable Schläfer.

»Beim Karl dachte ich noch, es läge an den Umständen«, sagte sie, und ihr Mann, der mit aufgeweichtem Graubrot und Zeitung auf der Küchenbank saß, halb versunken zwischen bunten Kissen und zipfeligen Kuscheldecken, entgegnete: »Schmarren, das haben sie von dir.«

So war die Ehe der Leopolds, sie wussten meistens ziemlich genau, wovon der andere sprach. Die Umstände, das war Frau Leopolds Flucht aus Budapest, die Entbindung auf dem Bahngleis in Wien und der Bub, keine 36 Wochen alt, wie tot in der Eiseskälte, und dann der Schrei, sein erster und lautester. Der ganze Bahnhof war zusammengelaufen, und die Offiziersgattin, die sich während der Zugfahrt um Frau Leopold gekümmert hatte, rief: »Worauf warten Sie denn? Bringen Sie Decken, heißes Wasser und der Mutter eine Suppe.« Wie in der Wirtschaft bestellte sie das, und trotz ihrer

Schmerzen, trotz Hunger und Erschöpfung hatte Frau Leopold laut lachen müssen.

Auch jetzt zuckte es sie beim Gedanken daran in den Mundwinkeln, was aus der Frau wohl geworden war? Und deren Tochter, damals noch ein Backfisch von vielleicht vierzehn, bestimmt war die inzwischen längst verheiratet.

Frau Leopold trocknete einen Teller und blickte in den Garten. Da war eine wilde Verbrecherjagd im Gange, quer über die frisch umgegrabenen Beete natürlich, was auch sonst. Es war ja im Grunde egal, solange die Bande wenigstens ihre Tulpen leben ließ. An denen hing sie, die hatte noch der Vorbesitzer gepflanzt, und als sie damals im Frühling vor fünf Jahren zum ersten Mal hergekommen waren, da blühten sie so einladend prächtig, Frau Leopold hatte sofort gewusst: Hier war ihre neue Heimat.

Fritz hatte sich das nicht zu wünschen getraut, das Haus zu schön, die Stelle als erster Veterinär der Zeche zu gut – zu gut für einen wie ihn. Als dann die Zusage kam, da sprach er ohne jeden Spott von einem Wunder.

Frau Leopold glaubte an das Gute im Menschen, und sie glaubte an glückliche Enden, aber für Wunder reichte ihre Phantasie nicht. Zumindest nicht für solche, die keine harte Arbeit voraussetzen.

An die Gattin des Zechenbesitzers Siegmar-Wilhelmslob Kasimir hatte Frau Leopold heimlich, ohne Fritz' Wissen, geschrieben, einen langen, demütigen Brief, unter Verleugnung ihres Stolzes hatte sie gebettelt, man möge ihrem Fritz doch eine Chance geben. Nur ein halbes Jahr, nur drei Monate sollten sie ihm geben, dann würde er sie schon überzeugen, dass er trotz seiner Entstellungen, trotz der Amputationen ein hervorragender Veterinär war. Sogar die christliche Nächstenliebe hatte Frau Leopold bemüht, derart tief war sie gesunken. Und doch, es hatte sich gelohnt: ein Wunder!

Nur wenn Frau Leopold der eleganten Gattin des allgewaltigen Herrn Kasimir beim Kirchgang oder mal beim Stricken für die Kriegskrüppel begegnete, da sah die sie aus grasgrünen, ganz runden Augen manchmal auffordernd an. Oder ging gar so weit, ihre lilienschmale Hand einen Moment auf Frau Leopolds sommersprossige zu legen.

Sie hatte Schulden, und sie wusste es.

Ärgerlich schüttelte Frau Leopold den Kopf, und bei Problemen fiel ihr sofort wieder dieser Brief ein. »Fritz, was meinst du denn jetzt dazu?«

Der Gedankensprung war aber dann doch zu groß, selbst für Fritz Leopold, der seine Frau gut kannte und einige geistige Kapriolen gewohnt war. Er blickte sie verwundert an, aber weil das Glasauge kein Lid besaß, wirkte er sowieso immer etwas überrascht.

»Wegen dieser Anfrage von diesem Herrn Dix. Wegen des Porträts von mir?« Und in einem kindischen Anfall von Eitelkeit nahm sie die Brille von der Nase und fuhr sich mit der flachen Hand durch das rotbraune Haar. Fritz lachte und pfiff anerkennend, entgegnete dann jedoch spöttisch: »Ich glaube, der Herr Dix, der schönt eh in die falsche Richtung.«

»Er hässlicht?« Das Wort gefiel Frau Leopold ausnehmend gut, und weil sie vor Fritz nicht intellektuell tun musste, bekannte sie schlicht: »Ich finde dem sein Zeug eigentlich doof. Warum muss man denn heute alles mit so einem bösen Blick sehen?«

Regelrecht wütend machte sie der Gedanke an seine *Skatspieler*. Die verquälten Leiber, die gemeinen Gesichter. Wie konnte man so etwas Grauenhaftes malen? Was musste man da für ein unglücklicher Mensch sein. Effekthascherisch und voyeuristisch war das!

»Ich versteh wirklich nicht, was das soll.« Inbrünstig schrubbte sie an einer eingetrockneten Haferflocke herum. »Wenn ihm das Elend des Proletariats so ans Herz geht, dann soll er aufhören, so ein hässliches Ekelzeug zu malen und in die SPD eintreten. Und sich eine anständige Stelle suchen und Steuern zahlen. Und am Sonntag, da kann er dann von mir aus in einer Armenküche Suppe verteilen. Damit wär den Menschen mehr geholfen. Was nützt dem sein Gekleckse denn? Es ist doch sowieso schwer genug. Warum kann er nicht das Schöne, Fröhliche malen? Das wäre eine Aufgabe für einen Künstler, das Hässliche seh ich doch selbst.«

»Da reicht ein Blick auf deinen Ehemann.«

Einen Moment lachten sie beide, dann gab sie ihm einen Kuss auf die Reste seiner Nase und gleich noch einen auf sein Kinngrübchen. Früher, da war dieses Grübchen nur Teil eines Zaubers aus blonden Locken, braunen Augen und Cäsarenprofil, aus geraden Lippen und leicht zurücktretenden Zähnen gewesen, nun war es plötzlich alles. Nur die Ehefrauen und Mütter sollten ein Recht haben, die Kriegskrüppel zu malen, nur sie könnten sie wirklich erkennen. Fritz lächelte, tippte ihr kurz mit dem Zeigefinger auf die Nasenspitze und erklärte entschlossen: »Ich glaube, du solltest trotzdem für den Kerl sitzen. Der wird bestimmt berühmt, kann doch heutzutage gar nicht grässlich genug sein.«

Und mit dieser Erkenntnis stand er auf, die Türglocke hatte zu schellen begonnen, der Vorarbeiter war gekommen, um ihn abzuholen. »Wird vielleicht später. Ich hab so ein Gefühl, das Fohlen von Glöckchen kommt heute.«

Frau Leopold nickte. Dann würde es also so sein, Fritz und die Grubenponys, sie vertrauten einander, die halb blinden, geschundenen Tiere und ihr halb blinder, einarmiger Arzt. Sie wollte ihm noch seine Vesper reichen, doch schon war er fort, knallte die Tür derart, dass Nettchen mit einem empörten Quietschen aufwachte. Umgehend verlangte es nach der mütterlichen Brust, aus dem Garten erschallte jämmerliches Geheule, und ihr Ältester rief schon von draußen: »Ich kann nichts dafür! Mama, der Purzel, der ist ganz und gar selbst schuld.«

Und oben, in der Wohnung des Herrn Doktor Storch, da klingelte schrill das Telefon. Frau Leopolds Mundwinkel zuckten schon wieder. So ein Geschenk, das Leben.

Das ohrenbetäubende Schellen eines Reiseweckers. Derart in Rage gescheppert hatte er sich, er fiel mit lautem Getöse vom Nachttisch, riss einen vollen Aschenbecher und mehrere leere Flaschen um, die kullerten klirrend unters Bett, während der Wecker weiter tobte.

In das Geruchsgemisch von Asche, kaltem Rauch und französischem Parfum begann sich penetrant der Gestank nach Kognak zu mischen, die Flaschen waren wohl doch nicht ganz leer.

Die Frauengestalt zwischen den zerwühlten Laken reckte sich, genüsslich und widerwillig zugleich.

Das Zimmer war dunkel, die schweren Samtportieren vor den Fenstern nicht nur zugezogen, sondern auch noch festgesteckt. Und obwohl es niemand sehen konnte, schlängelte sich nun ein Lächeln über das ungesund blasse Gesicht der Frau. Sie hatte schön geträumt, und nun war sie erwacht, Anita Berber, die Dämonin der Republik.

Neben ihr ertönte röchelndes Schnarchen. Wer war das?

Einen Moment lang wusste sie mit vollkommener Sicherheit, es war Fritz. Es musste Fritz sein, ihr hübscher, lieber Fritz mit dem Kinngrübchen und dem herrischen Cäsarenprofil.

Doch dann wand sich ein Wurm durch ihr gemartertes Hirn, fraß sich schmerzhaft Bahnen, Schneisen, und plötzlich wusste sie: Das war nicht Fritz! Das konnte nicht Fritz sein, denn Fritz war ein Feigling.

Fritz hatte sie verlassen. Fritz hatte sie verraten!

Oh, wie sie Fritz hasste!

Es hieß immer, der Schmerz würde verblassen mit der Zeit. Aber das war gelogen. Nur wieder eine Lüge, wenn auch eine besonders dreiste.

Wütend rappelte sie sich auf, wütend griff sie nach dem noch immer scheppernden Wecker, holte aus, zerschlug im Schwungholen irgendetwas aus Glas, knallte ihn an die Wand, Stille.

Nur ein seltsam staubiger Geruch schwebte nun plötzlich im Zimmer, erzürnte sie nur noch mehr. Sie stürzte zum Fenster, wollte die Vorhänge öffnen, zerrte und zerrte! Der Stoff gab nach, ein hässlicher, quietschig wimmernder Ton, endlich Licht! Grelles Tageslicht. Weit riss sie die schmerzenden, verschwollenen Augen auf, starrte hinaus in das strahlende, gleißende Licht. Brennen sollte ihre Netzhaut, Fritz' Bild auf ihr sollte vernichtet, ausgelöscht werden.

Feuchtigkeit auf ihren Wangen, weinte sie? Konnte sie endlich wieder weinen?

Schüchtern, fast zaghaft fuhr sie sich über die Wangen, starrte ihre Hände an, schrie auf. Da war Blut, alles voller Blut! Sie weinte Blut!

»Was ist denn?«, fragte der Mann im Bett, und Anita starrte ihn an. Er war ganz ruhig, und ein Teil ihres Hirns versuchte zu verstehen, wie das sein konnte. Und auch, wer das war. Ein Fremder? Einer ihrer Ehemänner?

Ja, bestimmt, er war so ruhig, und auch sie wurde bei seinem Anblick etwas ruhiger. Aber welcher war es? Wie war der Name dieses Menschen, der ihr nun ein blütenreines Taschentuch reichte und mit sanfter Stimme sagte: »Du hast dich geschnitten. An einer Scherbe.«

Natürlich hatte sie sich geschnitten, an einer Scherbe. Kein Wunder bei dem Saustall hier. Warum räumte das Zimmermädchen nicht mal auf? Hatte sie es vielleicht entlassen? Oder war das faule Ding von selbst gegangen? Wo war sie überhaupt? Das vor dem Fenster, das war doch nicht Berlin, oder?

Ein heftiges Zittern befiel ihren schmalen Körper. Sie war nackt, ihre Poren weinten kalten Schweiß, und ihre blutenden Hände waren wie taub, tot.

Der Mann, den sie nicht kannte und den sie trotzdem von ganzem Herzen liebte, reichte ihr ein Spritzbesteck, und auf einmal wusste sie wieder, was sie tun musste. Der Tanz der Nadel, der schönste und von ihr doch nie auf der Bühne gezeigte Tanz.

Sie holte tief Luft, durch den Mund, denn ihre Nase war noch zu geschwollen, aber auch so war es eine Wohltat. Endlich Atem schöpfen, zum Mensch werden.

Nun wusste sie auch wieder, wo sie war. In Wiesbaden, im Hotel »Schwarzer Bock« – schrecklich spießig, trotzdem eigentlich ganz schön. Das war der Frühling, im Frühling war alles so zauberhaft, die ganze Natur so beseelt. Ach, wie herrlich es war, wenn das Leben wieder zurückkam. Anita hatte Hunger.

»Sollen wir frühstücken?« Wenn ihr nur einfiele, wer der Mann dort war und ob man sich schon länger kannte.

Aus dem Augenwinkel musterte sie ihn verstohlen – wie der sich da wohlig im Bett zwischen den zerwühlten Laken spreizte, also da sprach schon eine gewisse Vertrautheit heraus. Kantiges Gesicht und eckige Stirn. Also Ehemann Nummer 1, das olle Teiggesicht Eberhard, war es schon einmal nicht. Wie sie den nur hatte heiraten können!

Auch daran war Fritz schuld. Wie an überhaupt allem oder doch dem meisten.

Der Mann stand auf, griff nach einem Morgenrock, blaue Seide mit Chinchilla-Besatz, ein bisschen füllig um die Hüften war er, in ein paar Jahren gab das einen Entenpopo, aber bis dahin war sie vermutlich eh weg, und deshalb brauchte die Erpelkehrseite ohne Bürzel ihr auch keine Sorgen zu machen. Der Baron von Droste konnte es aber demnach auch nicht sein, der hätte sich niemals solche Schwachheiten erlaubt. Einen Körper zum Schwelgen, sicher der schönste von all ihren Liebhabern und ein Sauhund, wenn es je einen gab. Trotzdem dachte sie gern an ihn und die gemeinsame Zeit – vielleicht reichte ihr Hass aber auch nur nicht für zwei Männer aus.

Der Entenpopo klingelte dem Zimmermädchen, ganz selbstverständlich und ohne zögerliches Nachdenken. Er war sich seines Platzes folglich sicher und musste deshalb Ehemann Nummer 3 sein.

Anita lächelte zufrieden, sie liebte es, wenn sie ein Problem auf logische, sachlich nüchterne Art lösen konnte. Sie liebte es, wenn ihr Geleehirn zeigte, was noch in ihm steckte.

Der Name des Mannes würde ihr bestimmt auch bald einfallen, und wenn nicht, fragte sie einfach Susi. Susi Wanowski, ihr Polarstern, ihre allwissende Pikkönigin.

Und da stand sie auch schon. Wie ein Wunder war in

der Wand eine Tür erschienen und darin ihre Susi. Trotz der unchristlich frühen Stunde schon in ganz offensichtlich frisch aufgebügelter Schluppenbluse, Plisseerock und Seidenstrümpfen, deren Nähte immer perfekt saßen.

»Pfui, wie schlampig du bist!« Susi schüttelte ihren lackschwarzen Bubikopf. Das beherrschte sie meisterlich und ganz ohne ein verrutschendes Härchen. »In drei Stunden ist Show, und die wird besser ein Erfolg. Dieser Maler hat sich angekündigt.«

»Welcher Maler?« Wie sollte man sich all diese Menschen nur merken? Ständig gab es neue, oder vielleicht waren es auch immer dieselben, aber mit anderen Namen und neuen Kleidern?

»Herr Dix. Er hat dich letzte Woche in der ›Jungmühle‹ in Düsseldorf schon sehen wollen, ist dann aber leider krank geworden, seine Frau ist also ohne ihn gegangen und war so begeistert, dass sie dir geschrieben hat. Rattert's? Er ist Porträtmaler? Einer der vermutlich besten des Jahrzehnts. Ich hab dir seine Fotografie gezeigt.«

»Der Hübsche mit den abstehenden Ohren?« Den wollte sie nicht sehen, der ähnelte Fritz, ziemlich sogar. Aber das konnte sie Susi nicht sagen, denn obwohl ihre Freundin viel Verständnis hatte, bei Fritz setzte es aus. Da verdrehte sie nur noch die Augen. »Ne, mach ich nicht.

Ich hab die Sitzerei für irgendwelche Schmuddelbildchen satt. Da steh ich drüber, hab ich lange genug gemacht. Ist genau wie Film, ist mir zu doof.«

»Schuschuschu«, sagte Susi und lächelte sanft. »Ganz wie du meinst. Aber jetzt zieh dich an, das Zimmermädchen kommt gleich, und das soll schön Eintritt zahlen, wenn es dich nackt sehen will.«

Anita griff sich irgendetwas, das sich als Abendhemd vom Entenpopo herausstellte, und es mit zitternden Fingern zuknöpfend, sagte sie noch einmal mit Nachdruck: »Porträtsitzen ist nicht.«

Im Innenhof des Hotels »Schwarzer Bock« stand der Frühling in voller Pracht. An den bewachsenen Jugendstilsäulen hingen Glyzinien in schweren, violetten Trauben, und auf den weiß eingedeckten Tischen standen mit Kirschblüten übervolle Vasen. Der Wind war warm, doch böig, die Flamme des Feuerzeugs eines schwarzhaarigen Leutnants erlosch mehrfach beim Versuch, die Zigarette seiner Begleitung zu entzünden. Die junge Dame war noch nicht seine Verlobte, doch schon bald würde sie die entscheidende Frage mit einem kieksig erstickenden Ja beantworten. Sie trug gehäkelte Handschuhe mit Süßwasserperlen am Verschluss.

Süßwasserperlen dreireihig auch um den Hals der jungen Mutter im Nachmittagskostüm aus französischem Leinen, das Töchterchen in einem Kleid derselben Machart, so putzig, fast ein wenig albern, bestimmt ein Geschenk der Frau Großmama und von daher noch tragbar.

Zwei Tische weiter drei ältere Damen, Schwestern wohl, alle in Trauerschwarz, sehr kleidsam mit ihrem weißen, wassergewellten Haar. Und auch so stimmungsvoll zum Chopin, den das Orchester zu luftigem Biskuit und gezuckertem Schlagrahm servierte.

Es gab Schokoladeneis, der Krieg blieb verloren, der Kaiser vertrieben, und Berlins Straßen waren rot vor Blut. Auf Wunsch konnte man den Schlagrahm auch mit Vanillin verfeinern lassen. Irgendwo, vielleicht nur ein paar Straßen weiter, verdrosch ein besoffener Zuhälter seine Lieblingshure, und im Kohlenpott war jedes vierte Kind mangelernährt.

Sie ließ ihn warten, was Otto ärgerte – weil es so vorhersehbar war.

Die Berber kam niemals pünktlich. Auch das ärgerte ihn, unehrlich fand er diese inszenierte Exzentrik.

Lächerlich und effekthascherisch – und er empfand es umso heftiger, weil es ihn peinlich an seine eigenen Anfänge als Bürgerschreck erinnerte. Er wagte es kaum, daran zu denken, wie er beim Malen seiner lieben Gönnerin Johanna Ey auf den Teppich gespuckt oder andernorts den Pinsel so wild ausgeschüttelt hatte, man konnte hinterher die Wände neu tapezieren. Richtig heiß vor Scham wurde ihm jedoch bei dem Gedanken an das Porträt seiner Eltern. Zu abgearbeiteten Proletariern hatte er sie stilisiert, einfach weil ihm das besser zu einem jungen Maler zu passen schien.

Schaudernd schluckte er die zuckrige Säure des Rhabarberkuchens hinunter, noch fünf Minuten würde er hier hocken, keine Sekunde länger. Und zur Verdeutlichung seines Entschlusses nahm er die Armbanduhr ab und legte sie demonstrativ vor sich. Noch zwei Minuten, dann würde er den Kellner rufen, dann hatte er in fünf Minuten gezahlt und konnte weg, dann würde er sich eine Taxe winken und zum Bahnhof fahren. Dann käme er gerade noch rechtzeitig zu einem späten Nachtmahl wieder nach Düsseldorf. Das Mutzli würde sich freuen. Ganz bestimmt würde es das.

Eigentlich erwartete man ihn erst morgen wieder zu Hause, er sollte heute Abend auch noch die Show besuchen, aber die wollte er gar nicht sehen. »Tänze des Lasters, des Grauens und der Ekstase«, was für ein alberner Titel. Effekthascherisch! Wie die ganze Person.

Er wusste schon, was passieren würde – wenn er lange genug wartete, was er aber nicht tun würde. In einer Stunde oder anderthalb würde diese Gestalt, diese Dämonin, plötzlich in der Tür stehen, das Gesicht kalkweiß, die rot gefärbten Haare perfekt gelegt, in einem maßgeschneiderten Herrenanzug würde sie alle Blicke auf sich lenken, und so käme sie zu ihm an den Tisch, arrogant, blasiert, kein Wort des Dankes oder der Entschuldigung. Kognak würde das ordinäre Geschöpf bestellen und ihn dann aus angemalten Augen voller geplatzter Äderchen anstarren, ihm Frechheiten entgegenschleudern. Nein, er würde sie nicht malen.

Er hatte genug leichte Mädchen auf die Leinwand gebannt, was sollte er mit noch einem?

»Hallo?« An seinen Tisch war ein junges Mädchen getreten, ein halber Backfisch, sommersprossig, mit dicker Brille und sommerlicher Strohglocke tief im Gesicht. »Darf ich mich setzen?«

Er schüttelte den Kopf, wenn auch leicht bedauernd. Das kleine Ding wäre bestimmt ein lohnenderes Motiv als die abgehalfterte Berber, die ja am Ende doch nicht erscheinen würde. Und ein hübscheres obendrein, weiß-blau gestrickter Jumper, dazu Sportrock und weiße Söckchen. Mager wie ein Kätzchen, sportlich wie ein Schulknabe, das wäre eine Abwechslung zum schmusig weichen Mutzli. Er schüttelte abermals den Kopf, jedoch nur innerlich, und sagte: »Ich erwarte noch jemanden, und außerdem, außerdem wollte ich sowieso gerade gehen. Also nein, ich meine, die Dame, die ich treffen wollte, ist wohl verhindert, und da wollte ich …«

Das Mädchen blickte überrascht, dann amüsiert, und auf einmal lachte es, glockenhell und dennoch ganz ungekünstelt. Mit Schwung warf es zwei zusammengeknotete Ballettschlappen über die Stuhllehne, winkte mit energischer Eleganz dem Kellner: »Eine eisgekühlte Himbeerlimonade, bitte.« Und dann grinste sie Otto koboldhaft schief an, konstatierte: »Sie haben auf mich gewartet. Ich bin es, auf die Sie gewartet haben.«

Otto starrte und versuchte zu begreifen. Dieser süße Backfisch sollte die Dämonin der Weimarer Republik sein?

»Ich bin Anita Berber, oder eigentlich bin ich Anita, Baronin von Droste. Berber war mein Mädchenname. Und Sie sind doch Herr Dix, der Maler, oder? Wenn nicht, dann tut es mir sagenhaft leid und …«

Jetzt wurde auch sie unsicher, verwirrt. Rührende Röte stieg ihr in die blassen Wangen, während Otto beteuerte und beschwichtigte und versuchte das Missverständnis zu klären, versuchte zu begreifen, versuchte die beiden Gestalten übereinzubringen, das sündschöne Dunkel der Berliner Bühne und die bebrillte Fröhlichkeit ihm gegenüber. Und irgendwann, da war ihre Limonade schon gebracht, da sagte sie ganz ernst: »Entschuldigen Sie die Verspätung, die Beleuchtungsprobe für heute Abend hat sich gezogen und gezogen, und als es endlich gepasst hat, ist einer der Scheinwerfer durchgebrannt. Na ja, irgendwas ist immer, nicht wahr? Es tut mir jedenfalls furchtbar leid, dass Sie jetzt warten mussten. Darf ich Sie zum Trost einladen?«

Otto schüttelte den Kopf, und mit derselben Stimme, mit der er sich vor all den Jahren freiwillig zum Krieg meldete, mit einer Stimme, die sich der drohenden Gefahr bewusst war und sie bewusst in Kauf nahm, mit dieser Stimme sagte er: »Ich habe gerne gewartet.«

Vielleicht war es ja gar keine Gefahr, sondern einfach ein großes, wildes Abenteuer?

In kleinen Schlucken trank sie die Himbeerbrause, kalt und unangenehm brennend in ihrem wunden Rachen. Sie wünschte, es wäre Kognak oder wenigstens Champagner, aus dem sie sich eigentlich nicht viel machte und den sie nur trank, weil man gegen den Durst keinen Kognak trinken sollte. Nicht einmal Anita Berber sollte das tun, und so nippte sie brav an dem rosa Zuckerzeug. Manchmal braucht die Welt eben rosa Süße, das hatte Fritz immer gesagt. Fritz hatte gern Himbeerlimonade getrunken, auch wenn das für einen Mann ein bisschen peinlich war und sie ihn deswegen oft neckte.

Heute war ein schlechter Tag, heute erinnerte sie alles an Fritz.

Dazu dieser Blick in Susis Augen, als sie nach dem Namen des Entenpopos gefragt hat. So sollte kein Mensch je angesehen werden.

Wenn einen die Hauptstadtpresse verachtete, da konnte man stolz drauf sein oder es zumindest behaupten. Wenn einen das dumme, ungebildete Publikum als »Topsau« beschimpfte und einem nur unter den nicht vorhandenen Rock schielen wollte, dann konnte man darüberstehen oder zumindest behaupten, es zu tun. Aber wenn einen die beste Freundin mit solchen

Augen ansah, dann trank man besser Brause und traf sich mit scheinbar kolossal talentierten Malern. Wenn talentierte Männer nicht grundsätzlich so unsagbar langweilig wären!

»Für ein Porträt ist es das Wichtigste, dass man den Gemalten nicht genauer kennt, sonst verliert man den Blick für das Wesentliche.«

Sie hasste es, wenn Menschen versuchten, ihr Kunst oder, schlimmer noch, künstlerisches Schaffen zu erklären. Kunst musste man fühlen und dann aus dem Herzen heraus verstehen, alles andere war bloßes Getue, ein bisschen wie die lächerlich durchsichtigen Schleier, die sie während der letzten Tage des Kaiserreiches auf der Bühne tragen musste.

»Das Wesen jedes Menschen drückt sich doch ganz klar in seinem Außen aus. Das bedeutet, Äußeres und Inneres sind identisch, deckungsgleich.«

Anita war nach Gähnen, aber sie würde sich benehmen, Susi zuliebe. Und doch war in ihr ein ungehöriger Drang, mit dem Bein zu wackeln oder vielleicht auszuprobieren, ob es ihr gelänge, mit dem Zuckerlöffel das silberne Kaffeekännchen von unten anzuheben, so dass der Deckel auf- und wieder zuschnappte. Klapp, klapp. Wie bei einem Entenschnabel.

Wenn sie doch nur den Namen dieses Entenpopos gewusst hätte – wenigstens den hätte Susi ihr doch sagen können, das war nun wirklich nicht zu viel verlangt gewesen!

Und wenn sie … Ja! Genau. Sie würde einfach im Gästebuch des Hotels nachschlagen. Natürlich, dass sie da nicht früher draufgekommen war.

Vor Freude schenkte sie dem selbst ernannten Genie ihr gegenüber ein strahlendes Lächeln, und er fühlte sich berufen, noch einmal zu bestätigen: »Wenn man jemanden porträtiert, sollte man ihn wirklich nicht kennen. Nur nicht kennen.«

Anita nickte und freute sich. Vor Aufregung über ihren guten Einfall wollte sie am liebsten sofort aufspringen und an die Rezeption stürzen. Aber sie hielt sich zurück, Susi lag so viel an diesem Gespräch – warum auch immer. Anita hatte schon für alle möglichen Bilder gesessen, hatte für das Modemagazin »Die Dame« mit riesigen Hüten Modell gestanden, und nie war Susi besonders daran interessiert gewesen. Wenn es sein musste, ließ sie sich auch von ihm noch malen, würde ja keine Ewigkeit dauern, und eigentlich mochte sie Langeweile – zumindest hin und wieder, denn was war Langeweile schon anderes als die vollkommene Abwesenheit von Gefahr?

In echt sah er Fritz gar nicht besonders ähnlich, zumindest nicht mehr als die meisten hübschen, blonden Männer. In jedem Mann suchte sie nach Fritz' Spuren, der eine hatte das Kinngrübchen, der nächste diese Art, die linke Augenbraue zu heben, und wieder ein anderer besaß ein nicht ganz symmetrisches Lachen. Nur beim Baron von Droste konnte sie gar keine Ähnlichkeit finden, darum hatte sie ihn ja auch geheiratet. In Budapest, das kam ihr sehr passend vor.

Ihre Hochzeitsnacht in eben dem Hotel, in dem sie damals die Nachricht von Fritz' Verrat erhalten hatte. Natürlich nicht in demselben Zimmer wie damals, die große Berber war anderes gewöhnt als das kleine Tanzmädchen jener vergangenen Tage, der Teppich jedoch, blau mit roten Blüten, der lag in allen Zimmern, und als sie im gelben Licht der Laterne vor dem Fenster darauf kniete, die Knie, die Zehengelenke blutig und wund gescheuert, da schrie sie und schrie und schrie, und der Baron lachte und war sehr stolz.

Und sie war es auch, denn obwohl sie außer den zerschundenen Füßen und Beinen nichts spürte, war es doch ein guter Anfang.

Keinen Ton des Schmerzes, keinen Ton des Schreckens und nicht eine Träne hatte sie seit jenem Brief herausbekommen, stumm zitternd war sie auf jenem Blau zwischen roten Blüten zusammengebrochen, hatte gewürgt und gehustet, aber nichts war gekommen. Das Blut begann erst später zu fließen.

Wie hatte Fritz ihr das antun können? Sie hätten es doch geschafft, zusammen.

Der Porträtmaler sah sie über seine Kaffeetasse hinweg durchdringend an. Er schien eine Antwort zu erwarten. Ob er etwas gefragt hatte? Bestimmt.

Und sie hatte mal wieder nicht zugehört, hatte geträumt, war im Kopf an ganz anderen Orten gewesen. Nur auf der Bühne, nur dort war sie immer da, Körper und Geist fest verbunden. Zum Glück hatte sie inzwischen einen sehr praktischen Trick, ihre Unaufmerksamkeit zu vertuschen, der funktionierte eigentlich immer. Sie seufzte zweimal tief und sehnsuchtsvoll, und dann gurrte sie mit ihrer hauchigsten Anita-Berber-Stimme: »Ich möchte mit Ihnen schlafen.«

Der Porträtmaler starrte sie nun aus überraschten blauen Augen entgeistert an. Seine Frage hatte er sofort vergessen. Es klappte wirklich jedes Mal!

Und lustig war es obendrein, man konnte sehr viel über die Menschen dabei lernen. Manche lachten ungläubig, manche glaubten, sie hätten sich verhört, manche reagierten sogar empört, aber das waren die wenigsten. Die meisten freuten sich, es war ja auch ein nettes Kompliment, und man könnte seine Zeit schlechter verbringen.

Sie hatte ein Spiel erfunden, das die ganze, ewig gleiche Prozedur für sie etwas spannender machte. Vorher überlegte sie sich genau, was für ein Liebhaber ihr Partner oder ihre Partnerin wohl sein mochte, und dann passte sie auf, ob sie recht hatte – meistens hatte sie. Der Porträtmaler, der war Typ Hausmannskost, gut gewürzt, da war sie sich ganz sicher. Sie freute sich fast darauf, auch wenn sie in nicht ganz einer Stunde in der Garderobe sein musste, das Bühnenschminken dauerte seine Zeit.

Er zupfte eine der Kirschblüten vom Ast in der Vase, sah sie mit schmal zusammengekniffenen Augen an, er hatte wirklich einen bösen Blick, und mit ganz sachlicher Stimme sagte er: »Schön, aber das ist nicht die Antwort auf meine Frage. Was sagen Sie denn nun dazu?«

Und zerquetschte dabei das Blütenblatt zwischen zwei Fingern.

1910

Es tanzte, das Blütenblatt. Ganz selbstvergessen. Hatten Blütenblätter ein Selbst, das sie vergessen könnten? Das müsste man fragen, nur wen? Die Frau Mama?

Nein, die ganz bestimmt nicht. Die Frau Mama war schön, sehr schön sogar. So schön, dass die ganze Welt fünfzig Pfennig zahlte, um sie singen zu hören. Und natürlich, um sie zu sehen. Denn singen konnten viele, aber so schön war sonst keine. In ganz Berlin nicht und nicht nur seit der Saison. Sehr reiche Herren zahlten sogar zwei ganze Mark, um möglichst nah an der Bühne mit der Frau Mama zu sitzen. Nur der Herr Vater, der zahlte, um möglichst weit weg von der Frau Mama zu sein.

Und von Anita.

Aber das lag nicht an Mama und schon gar nicht an Anita, sondern am Herrn Vater, der war ein Geigenvirtuose und ein Genie. Für Genies galten andere Regeln. Was war nun wieder ein Genie?

Auch das müsste man fragen, aber eben nicht die Frau

Mama, denn die war sehr schön, und es kostete viel Zeit, so wunderschön zu sein.

Das rosa Blütenblatt war ebenfalls schön, aber nur einen Moment lang, dann wurde es grau und lag auf dem Pflaster, der nächste Regen spülte es in den Rinnstein, die Gosse hinunter. Oder der Straßenkehrer kam mit seinem Reisigbesen, machte schuss-schuss, und weg war das Blatt und das ganze Blütenmeer. In die Tonne damit, Hundekot und Rossäpfel obendrauf.

Doch vorher, vorher tanzte es!

Im Taumeln, im Fallen tanzte es – und schau bloß, wie!

Ganz still stand Anita, nur Augen und Ohren, das Summen von hundert Bienen, ein bisschen wie der Applaus, der die Frau Mama Abend für Abend umtoste. Kaum bemerkte sie, dass sie die Hand des Kinderfräuleins losgelassen hatte. Dem war es egal, der Omnibus kam noch nicht, sie waren früh dran, mussten noch warten, Anitas Ballettstunden begannen erst um drei. Wie Anita es hasste zu warten!

Ein Blütenblatt, ein Blütenblatt und noch ein Blütenblatt, wie sich die Blätter drehten, wie sie taumelten und trudelten. Schnee! Rosa Schnee!

Anita liebte Schnee, die Zunge raus und schnapp eine Flocke, köstlich. Die Blütenblätter, die schmeckten nicht, die klebten nur an Zunge und Gaumen, das wusste sie, das hatte sie früher schon ausprobiert.

Das war ein Fehler gewesen, aber nicht dumm, denn Dummheit war es, einen Fehler zu wiederholen, das sagte Herr Walter, und Herr Walter war Schriftsteller, weshalb er von Haus aus sehr gescheit sein musste. Das sagte im Übrigen gleichfalls der Herr Walter. Aber es würde schon stimmen, denn der war mächtig reich, und um so reich zu sein und zu bleiben, musste man ja schon auch irgendwie schlau sein. Das sagte wiederum die Frau Mama.

Herr Walter trug eine Piratenklappe über dem Auge, aus schwarzer Seide, und dahinter, da hatte er ein Glasauge. Das würde Anita gerne einmal anfassen. Ob es sehr schwer war? Ob man damit Murmeln spielen konnte? Bestimmt nicht.

Aber warum? Weil es nicht ging, oder war das wieder etwas, das man nicht tat? Woher kannten die Erwachsenen nur immer den Unterschied? Und kribbelte es ihnen denn nie in den Fingern, es einfach auszuprobieren? Vielleicht ganz schnell, wenn keiner guckte?

Plötzlich war da Musik, ein Leierkasten. Tschaikowskys *Walzer Nummer 1,* das erkannte Anita sofort, weil der das auch vor dem Salonfenster zu Hause spielte.

Und wenn Herr Walter gerade am Fenster saß und auf seinem Bleistift herumkaute und ächzte und stöhnte, weil Schriftsteller zu sein harte Arbeit war, auch wenn man nur im Sessel saß und sehnsüchtig zum geöffneten Fenster rausschaute, also dann sprang er immer auf, griff ganz galant nach der Hand der Frau Mama. *Schöne Dame, darf ich bitten?* Und die Frau Mama, die warf ihren Kopf in den Nacken, lachte dabei derart, dass sich kleine Locken aus ihrer Frisur lösten. Aber das war dann ganz egal, obwohl es sonst immer eine Katastrophe war. Und dann wirbelten sie herum, dass die Unterröcke über die Dielen rauschten, mit einem Geräusch wie der Straßenkehrerbesen, wenn er die Blütenblätter wegfegte. Und oft, da nahmen der Herr Walter und die Frau Mama Anita an die Hand, dass sie mittanzen, mitlachen konnte. Bis sie alle drei ganz heiser und müde waren. Und dann klingelte der Herr Walter nach etwas Kaltem, Champagner und Himbeerbrause. Bitzelnd und prickelnd und zauberhaft, vor Kälte hinter der Stirn schmerzend. So köstlich! Und dann wieder los: tanzen.

Wie ein Blütenblatt, halb schwebend, halb fallend, und immer im Kreis. Selbstständig machten sich Anitas Arme und Beine, kaum wusste sie, was sie tat.

Große Sprünge, hohe Sprünge, bis ins Blaue hinein, bis zu den Wolken und darüber hinaus, nicht länger ein Blatt, ein Schmetterling, ein Vogel! Höher und höher! Wilder und wilder! Und jetzt wieder im Kreis, das Herz klopfte ihr im Hals, in der Brust.

»Anita! Was tust du?«

Die scharfe Stimme des Kinderfräuleins. Anita stolperte, stürzte, rutschte auf dem Blättermatsch aus, zerschrammte sich das Knie.

»Schau sich einer die Sauerei an! Das ganze Kleid! Das ist Brüsseler Spitze. Pass doch auf, du blutest ja alles voll. Und die Blütenflecken! Die kriegt die Wäscherei doch nie mehr aus dem Kleid. Da wird die Frau Mama dir aber den verlängerten Rücken ausbürsten, und verdient hast du es. Hier rumhüpfen wie toll. Wie vom wilden Watz gebissen. Oje, das arme Kleid! Ganz blutig!«

Anita schluckte, nickte, mimte Zerknirschung, presste ein Tränchen heraus. Man wusste ja, was die Erwachsenen sehen wollten. Aber innen, da war ihr ganz heiß vor Glückseligkeit und Freude. Das Bein pochte heftig, das Knie brannte, alles egal.

Sie war geflogen! Sie war gefallen.

Und um das dumme Kleid, um das war es bestimmt nicht schade. Das hatte sie doch nur gebremst, eingeengt, schwer gemacht, am Boden gehalten. Sollten die doch wegen der dummen Spitze schimpfen, darauf konnte sie gern in Zukunft verzichten.

Dann zog sie das blöde Ding eben aus. Was brauchte man zum Tanzen Kleider?

Frühling 1925

Susi Wanowski wartete auf Rückruf aus Berlin. Sie hatte heute auch schon auf Rückruf aus München und Budapest gewartet, aus Paris oder wenigstens Lyon. Und jetzt, jetzt saß sie im grauen Licht des hereinbrechenden Abends und wartete noch immer. Früher, da hatte sie nie warten müssen, da hatte sie auf zwei Sprachen Tourneen geplant, mit der Ufa verhandelt und nebenher ein Interview für *Vanity Fair* vermittelt.

Ein lobender Artikel, das wäre schon viel wert, oder gar ein Angebot vom Film, gut bezahlt, falls möglich. Musste ja keine Hauptrolle sein, eine Hauptrolle bekam Anita nicht mehr zustande. Zumindest im Moment nicht. An dieses »zumindest im Moment nicht« klammerte Susi sich, das war ihre auf offenem Meer treibende Planke, und diese Planke würde sie nicht loslassen. Niemals.

Aber für die Ufa war Anita sowieso gestorben, für die galt sie als unzuverlässig oder – was noch schwerer wog – als *schwierig*.

Wochenlang delektierte sich die feine Gesellschaft an ihrem Streit mit Fritz Lang, und wie genüsslich sie dessen Niederlagen kommentierten, sie hinter vorgehaltener Hand kichernd weitertrugen. Wie man ihm das gönnte, diesem aufgeblasenen Genie von eigenen Gnaden!

Und auch jetzt noch musste Susi bei dem Gedanken an die Dreharbeiten von *Dr. Mabuse, der Spieler* grinsen. Da hatte es diesen einen nassnebligen Novembermorgen gegeben, da war Anita mit zweistündiger Verspätung in den Filmstudios vorgefahren. Trotz der Kälte nur mit einem Seidenpyjama bekleidet, war sie an dem wutschnaubenden Fritz Lang vorbeigehuscht, und vielleicht hatte er ihren eiligen Gang zur Garderobe einen Moment lang sogar für schlechtes Gewissen halten wollen?

Sein Irrtum wurde dem Regisseur aber spätestens dann klar, als der Taxichauffeur ihm Anitas Fahrtkostenrechnung präsentierte – und nicht nur für die Fahrt nach Neubabelsberg, für die komplette nächtliche Spritztour der Diva wollte der Mann bezahlt werden.

Oder dann der Tag, an dem Fritz Lang für eine Nahaufnahme von Anitas Schenkeln um Intimrasur bat! Noch immer musste Susi bei der Erinnerung kichern – wie dem preußischen Herrn das Monokel beschlug, während Anita die naive Unschuld gab, sich von ihm mit aufmerksamen Schulmädchenaugen ganz genau erklären ließ, wo sie welche Haare wie zu entfernen habe. Wie sie immer noch einmal nachfragte, sich diebisch an der männlichen Verlegenheit weidend, nur um dann abschließend kategorisch abzulehnen. *Was denken Sie von mir, Herr Lang. Ich muss mich doch sehr wundern. So etwas Unsittliches!* Mit hellem Wachspapier hatten sie schließlich die Haare abgedeckt, aber Langs Feindschaft war Anita danach sicher gewesen.

Hol's der Teufel, Richard Oswald war verrückt nach ihr gewesen, brauchte ihre verdorbene Schönheit in jedem seiner Filme. Oder auch Otz Tollen, der war ihr vollkommen verfallen, unvergessen der Moment, in dem er schmachtend fragte: »Könntest du jemals einen älteren Mann lieben?«

Und Anita? Die hatte ihn sinnend unter halb gesenkten Lidern hervor betrachtet, hatte sich lüstern die Lippen geleckt, ihm dann »Ich bevorzuge jüngere Frauen« hingeknallt.

Bewundert hatte man Anita für ihre Schulmädchenfrechheit, für ihren Mut, ihren eigenen Kopf, zumindest so lange, bis man sie für ihre Anmaßungen hasste.

Was war schlimmer als eine Frau, die ihren Platz nicht kannte?

Eine Frau, die mutwillig ihren Platz verließ!

Eine Künstlerin? Die nackte Schlampe?

Susi legte ihre heißen Wangen in die kühlen Hände, hinter ihren Schläfen pochte es, und ihr Nacken schmerzte. Sie lauschte, hoffte auf das vertraute Knacken, das einen Anruf ankündigte, doch nichts. Kein Ton drang durch die dicken Wände der Suite, nur vom geöffneten Fenster her waren Automobile zu hören.

Auf dem Silbertablett neben dem stummen Telefon lagen Briefe, die Nachmittagspost. Susi fehlte die Kraft, sie zu öffnen. Sie wusste, es waren Rechnungen, alles Rechnungen, von denen sie keine Ahnung hatte, wovon sie sie bezahlen sollte.

Anfangs war dies durchaus eine neue Erfahrung für Susanna Wanowski gewesen. Geldsorgen kannte sie nicht, aber es war als Erfahrung keineswegs so spannend, wie man es sich vielleicht vorstellte.

Vielleicht waren es auch Mahnungen oder Drohungen von Anwälten? Wieder Absagen oder vernichtende Kritiken? Wie sollte es nur weitergehen?

Susi sah keinen Ausweg, nur näherkommende Wände und eine sich senkende Decke. Sie holte Luft, so tief es ging. Und dann zwang sie sich, an Viktoria zu denken.

Das Thema Viktoria war Susis private Sorge und ihr als solche in liebevoller Gemütlichkeit vertraut. Viktoria mit der schneeweißen, makellos gepflegten Haut und den tiefschwarzen Haaren. Viktoria, die Susi in Gesellschaft gerne mit einem herablassend zärtlichen »meine kleine Gefährtin« vorstellte. Sie meinte es nicht böse, das war eben Viktoria.

Was Viktoria jetzt wohl machte?

Es ging auf 18 Uhr zu, vermutlich aß sie zu Abend – ein bisschen pochierten Lachs, eine halbe Kartoffel, gedünstet, nicht gekocht, dazu ein Glas Gerstensud, lauwarm. Das Esszimmer war groß, mit hohen Decken, und der Platz ihr gegenüber war leer. Das war Susis. *Soll ich mir Gedanken machen?*

So war Viktoria, sie war eine viel beschäftigte Frau, sie machte sich nicht gerne unnötige Gedanken oder gar Sorgen. Viktoria betrieb die »Comobar« in der Kommandantenstraße.

Es war eine feine Adresse, echter Marmor, das Orchester war gut, und der ausgeschenkte Champagner stammte tatsächlich aus Frankreich. An den Wänden hingen Bilder von Malern, über die man als Kunstkenner sprach und deren Namen gerne fremdländisch klangen. Für den Samstagabend organisierte Viktoria immer etwas Besonderes – eine Lesung mit Vicki Baum, einen Gesangsabend mit Clairchen Waldoff oder eben eine Tanzdarbietung mit Anita Berber.

Einmal und nie wieder! So etwas Geschmackloses!

In die »Comobar« gingen elegante Damen, um mit anderen eleganten Damen zu schwofen und vielleicht noch ein wenig über das Stück zu diskutieren, das sie in einem der nahe gelegenen Theater gesehen hatten. Die Dame, mit der man ging, war dieselbe, mit der man gekommen war, und meist war es auch dieselbe, neben der man am Morgen erwacht war.

Dieses grauenhafte Geschöpf, dieser amoralische gesellschaftliche Auswurf. Was musst du dich mit diesem Abschaum herumtreiben?

Ja, warum? Aus Loyalität, aus alter Anhänglichkeit, aus unerwiderter, unausgesprochener Liebe?

Wenn kein Wunder passierte, ging es mit Anita zu Ende.

Alle sahen es, und alle sahen weg.

Vielleicht noch ein Jahr, vielleicht noch zwei oder drei. Nach dem Namen ihres Ehemanns hatte sie Susi heute gefragt. Und das war kein Scherz gewesen! Das konnte man doch niemandem erzählen.

Ganz besonders Viktoria nicht.

Auch Viktoria trank zu Geburtstag, Silvester und bei satten Aktiengewinnen gerne mal etwas mehr, aber niemals würde sie in ihrem eigenen Erbrochenen aufwachen, niemals. Susi hatte plötzlich große Sehnsucht nach Viktoria und Rechnungen, auf die man oben rechts einen kleinen Stempel drückte: *Bezahlt*.

Ganz bald würde sie heimfahren, wenn die Sache mit diesem Maler klappte, vielleicht schon morgen. Dieser Dix war gut, vielleicht war das Anitas Chance. Er war im Kommen, vielleicht riss er Anita noch einmal mit hinauf?

Und dann, dann könnte auch Susi zufrieden sein, dann könnte sie guten Gewissens gehen. Sie hatte all die durchwachten Nächte, all die Drogen, all die Unordnung und die Schulden so satt.

Sie mochte ihr sauberes Leben an Viktorias Seite, sie hatte Freude an der Kontrolle der Dienstmädchen, an der Organisation gemeinsamer Reisen und Gesellschaften. Sie war gerne eine kleine Gefährtin, auch wenn es albern klang. Wenn es nur schon so weit wäre!

All die Vertragsbrüche, die Absagen – Wien war seit der letzten Tournee dauerhaft verloren, eigentlich ganz Österreich, nie ließen die Anita wieder einreisen oder zumindest nicht in den nächsten fünf Jahren. Dazu die

Kosten für den Kontraktbruch, für die Ausfälle, für die Verletzten, auch die hatte Anita zu tragen. Der Baron von Droste, der war ja längst über alle Berge, und ihren Schmuck hatte er mitgenommen.

Und dann die Steuerschulden aus den satten Jahren, das Finanzamt. Die drohten schon mit Haft!

Susi rieb sich die schmerzenden Augen. Dann horchte sie auf. Ihr war, als hörte sie das verheißungsvolle Klicken, aber nein … Ein erfolgreiches, skandalfreies Engagement, ein großer Auftritt, ein voll besetztes Haus, was könnte das alles ändern?

Oder doch? Da war ein Klicken, ja!

Der Apparat schrillte. Sie ließ ihn klingeln, nur nicht zu schnell drangehen, das wirkte bedürftig. Ganz langsam nahm Susi ab, lauschte dem Knacken der entstehenden Verbindung, der nichtssagenden Freundlichkeit der Telefonistin: »Nur eine Nachricht von Herrn Doktor Klapper. Er ist nun am Bahnhof und wird in der nächsten halben Stunde da sein. Er würde sich freuen, Sie im Teesalon zu treffen.«

Susi nickte, bedankte sich knapp. Gut, dann waren sie wenigstens zu zweit, die letzte Garde, die Letzten von Anitas einst so großer und großartiger Entourage. Wenn sie nur daran dachte, wer sich einst alles mit der Freundschaft der Berber geschmückt hatte. Von Klaus Mann, diesem reichen Dichterbengelchen, über die rasend verknallte Claire Waldoff bis hin zum Filmstar Conrad Veidt, aus dem Susi nie ganz schlau wurde. Kam er wegen der kostenlosen Getränke? Wegen der zu machenden Bekanntschaften? Oder war auch er nur einer ihrer Jünger?

Aber was war das? Das war noch ein Klicken!

Und da kam schon das Klingeln. Fast wie früher, kaum aufgelegt, schon der nächste Anruf. Vielleicht würde doch noch alles gut? Glaubte Anita nicht selbst unverrückbar an das Gute?

Susi lächelte und bat: »Stellen Sie durch.«

Doktor Klapper war ein groß gewachsener Mann mit einer Habichtsnase und einem Zwicker darauf. Wenn er ging, dann geschah dies mit weit ausholenden Schritten, und dabei nickte sein gewaltiger Schädel auf dem mageren, sehnigen Hals, fast als wollte der Doktor der ganzen Welt seine wohlwollende Zustimmung aussprechen. Auch lächelte er oft so sanft, man wollte ihn für einen mildherzigen Priester halten. Und vielleicht hätte er auch einen guten Gottesmann abgegeben, nur fromm war er leider nie gewesen, und seine Arbeit als Abtreibungsarzt der Berliner Huren trug wenig dazu bei, ihn von einem mitfühlenden Vater im Himmel zu überzeugen. Und doch erfüllte ihn der Gedanke an einen Herrn dort über den Wolken mit galliger Genugtuung – welchen Gram der über Doktor Klappers Unglauben erleiden musste!

Allein die Vorstellung reizte ihn zu heftigem Gelächter, doch er wusste, was sich gehörte, und so huschte er rasch durch den leider nicht besonders vollen Saal, entschuldigte sich hier bei einem Paar weit in den Weg gestreckter Beine und erbat dort leise Verständnis für sein Zuspätkommen: Er sei untröstlich, der Zug.

Und tatsächlich spürte er frische Traurigkeit in seinem an Kummer gewöhnten Herzen. Er hätte Anita gerne vor ihrem Auftritt gesehen, hätte ihr ein paar liebe Worte sagen wollen. Es war nicht nur Freundlichkeit, es war Angst. Eine nagende, quälende Angst vor dem nächsten Eklat.

Sie war es, die ihn aus Berlin, aus seiner Praxis fort und hierher geführt hatte, wieder einmal. Seine Kollegen belächelten ihn deshalb. Er wusste, was sie hinter seinem Rücken flüsterten: Verfallen sei er der Dämonin, der Nackttänzerin hörig wie dereinst Heinrich Manns Professor Unrat – doch sie irrten sich, zumindest zum Teil.

An einem Tischchen etwas abseits nahm er Platz, erfreute sich einen kurzen Moment an dem weißen Leinenzeug, an dem vielfarbigen Funkeln des sauberen Glases, an seiner Spiegelung im auf Hochglanz polierten Besteck. Elegant war er, seine Abendanzüge alle Maßanfertigungen aus London. Man musste auf sich halten, es war der Smoking, der den Mensch vom Tier trennte.

Er holte tief Luft, betrachtete die anderen Gäste und war zufrieden. Es war eine gute Adresse. Anita, mein Mädchen, nutze die Chance!

Wäre er fromm oder zumindest leichtgläubig, er würde nun beten, aber so beließ er es bei einem gemurmelten: »Zeig's ihnen!«

Das Orchester begann zu spielen, es war ein gutes Orchester, voll besetzt, und Doktor Klappers Magen krampfte sich zusammen vor Sorge und Aufregung. Sie würde es schaffen. Sie war so unsagbar gut. So talentiert.

Das Licht wurde heruntergedreht, der blauschwarze Bühnenvorhang zitterte leicht. Das Publikum schwieg angespannt.

Wenn sie nur nicht merkte, wie leer der Saal war. Obwohl, dann war die Chance bereits geringer, dass jemand etwas Beleidigendes rief. Die Logik hinkte ein wenig, aber darauf kam es nun nicht an. Doktor Klapper faltete die Hände zu etwas, das ganz gewiss kein Beten war, und flüsterte leise: »Du kannst das. Du schaffst das.« Sollte doch Ehemann Nummer 3 beten, der kam aus einer Pastorenfamilie, der würde das schon können.

Also kein Gebet, aber vielleicht ein Bann, ein Schutz vor den bösen Mächten? Vor der Häme und dem Spott der Menge? Oder wenigstens vor dem endgültigen Sturz?

Es war ein schwacher Zauber, er half nicht immer – in der »Weißen Maus«, an dem Abend, der Anitas letzter dort sein sollte, da hatte er nicht gewirkt. Schamrot senkte der Doktor den Blick, einem Gast aufs Gedeck uriniert hatte sie. Und es war nicht einmal der richtige gewesen, der, der ihr das verhasste »Topsau« auf die Bühne und ins Gesicht geschleudert hatte.

Und auch an dem Abend hatte er versagt, als Anita sich zu Beginn ihres Tanzes »Morphium« nicht wie gewohnt wand und reckte, sondern einfach nur wie tot dalag, unbeweglich, ohnmächtig blieb, bis jemand den

Vorhang fallen ließ. Die Buhrufe der Menge, die plötzlich doch wieder zu Berichten bereite Presse – hämische Verrisse unter dem Deckmäntelchen des Mitgefühls und der gesundheitlichen Besorgnis.

Aber vielleicht wirkte der Zauber heute? Es wäre so dringend. Nur wegen dieses magischen Banns war er überhaupt hergekommen, hatte zu Hause in Berlin seine Praxis geschlossen, hatte einen Vortrag unter Kollegen abgesagt, den spöttischen Blick seiner Wirtschafterin ertragen. Was wusste die schon?

Alles glaubte sie zu wissen und wusste doch nichts. Wäre er es nicht leid gewesen, er hätte ihr ins Gesicht geschrien, ihr und all den anderen den Schmutz ihrer eigenen Gedanken entgegengeschleudert. Wie ihn der Mensch anwiderte! Erst einander die Eingeweide zerfetzen, mit genagelten Stiefeln ins Gesicht treten, mit Gewehrkolben ins Genick schlagen und dann schwofen, lachen, Champagner saufen. Krieg war Krieg, und Frieden war Frieden. Man musste vergessen und weiterleben, Doktor Klapper aber konnte weder das eine noch das andere. Er kratzte die Folgen der Zügellosigkeit aus den Schößen der Frauen und spuckte auf das Madonnenbild seiner sanften Mutter. Warum vernichtete Gott ihn nicht endlich? Aus Bosheit oder doch zum

Beweis seiner Nichtexistenz? Und warum lebte Anita noch immer?

Weil er sie gerettet hatte. Er war schuld. Er, der so viel Leben zerstört und in den Abfluss gespült hatte, ausgerechnet Anita hatte er gerettet. Kreideweiß lag sie in ihrem eigenen Blut und nach dem Erwachen nur ein matt resigniertes: »Warum haben Sie das gemacht, was habe ich Ihnen denn getan?«

Es war seine Schuld.

Doktor Klapper zögerte, dann murmelte er, ganz leise, so leise, er hörte sich selbst kaum: »Wenn es dich gibt, was ich nicht glaube, aber das ist egal, wenn es dich also doch zufällig geben sollte, dann beschütze mein kleines Mädchen.« Und rot vor Scham hauchte er ein »Amen« hinterher.

Kaum in der Garderobentür, da flog sie ihm schon entgegen, fiel ihm um den Hals, presste ihm einen feuchten Kinderkuss auf die schwitzige Stirn, ließ dann von ihm ab, baute sich vor ihm auf, mit stolz glänzenden Augen, die Hände zu Fäusten geballt, herausfordernd in die Hüften gestemmt. »Wie war ich? War ich nicht top?«

Doktor Klapper fehlten die Worte, doch die waren nicht nötig. Schon lachte Anita wieder, drückte ihn noch einmal fest an sich, strahlte zu ihm auf. Wie klein sie war, so ohne Schuhe. Wie zart, wie züchtig – den flaschengrünen Seidenkimono fest um die Taille geknotet, das Flammenhaar mit metallenen Wellenreitern gebändigt, das Gesicht noch in der dramatischen Bühnenmaske, doch an den Rändern schon wolkig verblasst und die Lippen nicht mehr blutrot, sondern niveaweiß.

Doktor Klappers Herz klopfte, als gehöre es einem verliebten Primaner, nicht einem Herrn Ende vierzig. Mit zitternd ehrfürchtiger Schuljungenhand fuhr er ihr über die Wange, kühl und pudrig trocken.

»Du warst formidabel«, sagte er und betonte jede Silbe, ganz wie ein stolzer Vater und doch wie ein vernarrter Abiturient. »Ich weiß nicht, wann ich dich das letzte Mal so habe tanzen sehen. Deine Astarte!«

Was für ein Tanz! Was für eine Ansage an alle, die in Anita nur eine nackte Hupfdohle sehen wollten – unberührbar war sie als Astarte, drohend und spöttisch zugleich, das kalkweiße Gesicht eng eingerahmt unter einer Haube von Perlen, Pailletten und riesenhaften Marabufedern, der schöne Körper lockend und verstoßend zugleich. Frei war Astarte, niemandes Besitz, frei, sich zu verschwenden, zu verschenken, zu zerstören. Frei sein konnte Astarte, denn sie war unsterblich, wie sie dort auf der Bühne schwebte und flog.

»Du warst noch nie so gut wie heute, möchte ich fast sagen.« Er klang ein bisschen betulich, das war Absicht, denn er fürchtete sonst vor Bezauberung weinen zu müssen. »Auch *Morphium* war sehr annehmbar.«

»Es hängt eben immer davon ab, wer im Publikum sitzt!«

Über die Schulter grinste sie ihm zu, halb neckende Kokotte, halb glücklich gelobte Tochter. Gewissenhaft begann sie, sich das Gesicht mit Nivea einzuschmieren, schrubbte mit den kräftigen Bewegungen der geübten Hausfrau, lächelte Doktor Klapper dabei im großen, von Glühbirnen eingerahmten Schminkspiegel zu. Wie ein Kobold in seinem Märchenreich kam sie dem Doktor vor, da im Schneidersitz auf ihrem blauseiden bespannten Stühlchen, umgeben von Pfauenfederfächern, Nerzpelz und glitzerndem, in allen Farben funkelndem Strass.

»Ich glaube, Henri ist heute auch sehr gut«, flüsterte sie ihm zu. »Hörst du das?«

Doktor Klapper lauschte und nickte. Tatsächlich toste Applaus durch die dünnen Wände, brauste auch dann noch unverdrossen weiter, als der übellaunige und an den pünktlichen Feierabend denkende Pianist schon mit der nächsten Nummer begann. Dann stutzte der Doktor einen Moment. Henri?

Hatte Susi ihm nicht gesagt, Anita habe sie nach dem Namen ihres Gatten gefragt? Würde ihn »den Entenpopo« nennen, weil sie sich nicht mehr erinnern konnte, wie er hieß?

»Wenn er in der Zeit ist, müsste er jetzt gerade den *Trauermarsch für einen Staatsmann* tanzen. Das ist seine letzte Nummer und seine beste. Er hat ja viele gute Tänze, aber an den Staatsmann, nee, da kommt nix dran.« Überlegte einen Moment, bestimmte dann: »Also gut, die Erbtante, die ist erfolgreicher, weil das Publikum da lachen kann. Wenn's Gelächter gibt, ist der Saal bekanntlich immer voll, aber der Staatsmann taugt trotzdem mehr. Er hat mächtig Talent, mein schöner Ehemann!«

»Ich mag den Kanarienvogel auch sehr«, entgegnete Doktor Klapper matt. Er wusste nicht recht, was er von all dem halten sollte. Susi log nicht, und auch er kannte Anita anders. Keine drei Wochen war es her, kurz vor Beginn dieser winzigen, kaum verkauften Tournee war es gewesen, da hatte Anita den sinnlos besoffenen Henri auf einer Soiree einfach in der Ecke liegen lassen. Unter dem Gelächter der übrigen Gäste hatte sie ihm einen roten Luftballon an den nackten Zeh gebunden, sich dabei selig kreischend von der Hausherrin mit Champagner bespritzen lassen, nur um dann aus dem nassverdorbenen Abendkleid zu steigen. Bis auf die Schuhe nackt, war sie zum Grammophon stolziert, hatte einen Tango aufgelegt, sich vor der Gastgeberin galant verneigt und war mit ihr davongeschwoft, davon in einen Traum aus Kissen und Seide. Letzteres hatte zumindest Doktor Klapper laut fluchend angenommen, während es ihm überlassen blieb, den volltrunkenen Ehegatten in eine Taxe zu bekommen.

Das war Anita.

»Sei ein Engel und zünde mir eine Zigarette an«, hauchte sie nun und verschwand fast in einem Nebel aus Puderstaub.

Doktor Klapper gehorchte, griff eilig nach seiner Tabatiere, inhalierte tief, blickte suchend nach ihrer elfenbeinernen Spitze. Ein schönes Stück, ein Hochzeitsgeschenk des Barons von Droste und einer der wenigen Gegenstände von Wert, die er bei seiner Flucht vergessen hatte.

Den hatte er nie leiden können, diesen verwöhnten, auf verdorben machenden Fratz, diesen Dekadenzling mit seinen Seidensocken und Bartbinden.

Da war ihm Ehemann Nummer 1, der gute, sanfte, doch lieber gewesen. Ein Mann wie ein Heftpflaster, nur dass man dieses Pflaster über eine blutende Amputation geklebt hatte. Das konnte nicht halten.

Vielleicht hielt es mit Ehemann Nummer 3? Na, aller guten Dinge waren drei. Oder vier, wenn man Fritz mitzählen wollte.

Friedrich Leopold, Fritz genannt, der eine, der, der Anita das Herz und vielleicht auch die Seele gebrochen hatte.

Wie wäre er mit ihm ausgekommen?

Vermutlich gar nicht, denn er hätte Anita ja dann nie kennengelernt, denn niemals hätte er eine Anita Leopold retten müssen.

Draußen verstummte die Musik, brandete Applaus auf, und fast umgehend klopfte es an der Garderobentür, heftig und drängend, schon war sie aufgerissen, ein kleiner Herr mit spiegelnd glänzender Glatze und einem ganzen Arm voll hastig zusammengekaufter weißer Rosen. Ein wenig ramponiert sahen sie aus, gezeichnet von braunen Äderchen, und Doktor Klapper war, als hinge plötzlich eine Ahnung von Fäulnis in der Luft. »Fräulein Berber, darf ich mich vorstellen? Ibrahim Goldstein. Mir gehört ›Die Milchstraße‹. Natürlich nicht die echte, aber bei mir gibt es bestimmt genauso viele Sterne zu sehen.«

»Unterschreiben Sie nichts bei diesem Kerl!« Ein zweiter Mann, so mager und haarig wie der andere dick und kahl, drängte herein. Doktor Klapper bekam ein Bouquet von heftig duftenden Schwertlilien in die Hände gedrückt und Anita ein große Flasche Hennessy: »Ihr Lieblingskognak, nicht wahr?«

Nicht wahr, aber Doktor Klapper schwieg, öffnete abermals die Tür. Diesmal war es Henri, im blauen Frotteebademantel, sein breites Amerikanerlächeln strahlend, seiner Frau zum Erfolg gratulierend. Die Tür wollte gar nicht mehr stillstehen: ein Herr von der Zeitung, eine burschikose Dame von einer anderen Zeitung, doch Anita beobachtete mit seltsam lauerndem Blick fortwährend die Tür. Wartete sie auf jemanden? Oder freute sie sich nur über den schon ungewohnt gewordenen Ansturm?

Abermals klopfte es, Anita ging selbst, öffnete, lächelte – ein wenig gezwungen, wie es schien. Drei Unterprimaner, picklig, rausgewachsen aus den Konfirmationsanzügen, umweht von Knabenschweiß, hielten ihr ein hastig gerupftes Sträußlein und ihre speckigen Autogrammbücher entgegen. »Fräulein Berber, wir …«

Und Doktor Klapper, der biss auf dem Inneren seiner Wange herum und schüttelte den Kopf. Gott sollte sich bloß keine Schwachheiten einbilden, dieser kleine Erfolg bewies gar nichts! Außer vielleicht, dass es doch noch Hoffnung für die Berber gab.

Februar 1916

Ein Geruch wie in einem Treibhaus – oder wie in einer Leichenhalle. Rosen und Lilien, alle brachten sie Rosen und Lilien, dabei platzte die winzige, zum Blüthner-Saal gehörende Garderobe sowieso schon aus allen Nähten. Fünf Mädchen zogen sich hier gemeinsam um, hielten hier gemeinsam Hof. Die große Madame Rita Sacchetto hingegen hatte für sich allein eine von doppelter Größe. Die männlichen Tänzer übrigens auch, obwohl einem das vielleicht bloß so vorkam, weil die halt nur zu dritt waren.

Anita wartete und ärgerte sich sehr, dass sie es tat. Das hatte sie gar nicht nötig.

Sie war siebzehn Jahre, bildschön und eine kommende Sensation, also zumindest, wenn sie die Zeichen richtig deutete.

Die Zeichen waren erstens: Sie hatte als Einzige der Eleven drei Solos bekommen, wobei besonders ihr *Frühling* heftig beklatscht worden war. Die anderen Mädchen platzten regelrecht vor Neid, weshalb sie Anita nun auch nichts mehr von ihrem Lippenrot oder ihrem Puder abgaben. Zweitens: Madame Sacchetto, obwohl sonst eher zur Sparsamkeit neigend, hatte zwei Postkartenserien mit Anitas Bild und dem Namen ihrer Tanzschule in Auftrag gegeben. Drittens: Bei der sittenpolizeilichen Prüfung hatte der alte Polizeirat von Grasapp Anita noch einmal gesondert überprüft. Nur bei Anita waren drei Schupos mit sachlich nüchterner Miene sowie Maßband und elektrischer Lampe angerückt, hatten kontrolliert, ob ihre Rocksäume auch nicht kürzer, ihre Tücher auch nicht durchsichtiger waren, als es der preußische Amtsschimmel erlaubte. Schließlich dann viertes und sicherstes Anzeichen: Die Frau Mama hatte ständig etwas an der Tochter auszusetzen, an ihrer Haltung, an ihrer unsauberen Schrittfolge, sogar an der Art, wie ihre Schuhbänder gebunden waren. Anita war nicht dumm, sie wusste genau um die Angst ihrer Mutter, die Angst vor dem Vergleich der Mutter mit der Tochter, die generelle Angst vor der begabten, vor der jungen Konkurrenz. Sie wusste, wie ihre Mutter morgens verzweifelt gegen das Alter ancremte, ölte und schmierte, und sie spürte sehr wohl die Begehrlichkeit in Herrn Walters Blicken. Herr Walter hatte Blumen geschickt, *für mein großes kleines Mädchen.*

Er war immer wie ein Vater zu dir! War er nicht, nie, aber Anita hörte die Besorgnis in den mütterlichen Worten und freute sich ein bisschen daran.

Und dennoch, trotz dieser untrüglichen Zeichen, trotz des Applauses und trotz Madame Sacchettos eindringlicher Warnungen vor den Verderbnissen des schnellen Ruhms, trotz alledem saß Anita nun in dieser winzigen Leichenhalle und wartete.

Kam er? Oder kam er nicht?

War er vielleicht da gewesen und am Ende wieder gegangen? Weil es ihm nicht gefiel? Weil er es zu unanständig fand? Oder Anitas Knöchel zu dick?

Sie warf einen prüfenden Blick auf ihre gepuderten Beine, die nun wieder unter dem Straßenrock verschwanden. Also die konnte wirklich niemand zu dick finden. Zu mager also? Vielleicht mochte er keine mageren Frauen?

Am liebsten hätte Anita Nägel gekaut, aber die waren rot lackiert, und außerdem war das albern. Sie war doch kein Schulmädchen mehr. Sie war eine Sensation, eine kommende. Stattdessen zündete sie sich eine Zigarette an, es schmeckte furchtbar und war nicht halb so entspannend wie das Rumbeißen auf ihren Nägeln, aber alle Erwachsenen rauchten nun mal.

Hatti guckte böse, und Winni hielt sich demonstrativ die Nase, als ob der Tabakgestank in dem Lilienschweißpudergemisch irgendeinen Unterschied machen würde. Der Neid dieser Hupfdohlen tat Anita wohl, und mit Schwung sprang sie von der Requisitenkiste, direkt auf ihre vollkommenen, überhaupt nicht mageren Füße, deren Nägel waren übrigens auch lackiert, was tatsächlich ziemlich unanständig aussah. Das kam aus Frankreich, wie ja eigentlich alles Unanständige. Herrlich musste es dort sein! Sobald der Krieg aus war, würde Anita nach Paris reisen. Auf Tournee durch Frankreich würde sie gehen. Oder am besten gleich durch ganz Europa.

Und wie der blöde Kerl sich dann grämen würde, weil er sie hätte haben können. Einfach nicht zu erscheinen. Was bildete der sich überhaupt ein!

Erst junge Damen auf der Straße von seinem grässlichen, fürchterlich unerzogenen Hund anschnuppern lassen, sich dann gleich für einen Spaziergang aufdrängen, diesen ungehörig in die Länge ziehen und sie dann auch noch um Post an die Front bitten.

Die Sorte Mann kannte Anita zur Genüge, vermutlich bildete er sich sonst was auf sein Kinngrübchen und diese alberne Leutnantsuniform ein. Dabei hatte Anita schon einmal einen Rittmeister geküsst, und der, der lag mit seinen Männern an der Marne, in vorderster Linie, während dieser dumme Hundebesitzer nur bei der Etappe stationiert war und dort nach den Pferden sah. Wie man auf so einem Druckposten Leutnant wurde, das war wohl sein ewiges Geheimnis.

Nicht einmal geküsst hatte der blöde Kerl sie! Nicht küssen und nicht erscheinen, das gab ein hässliches charakterliches Gesamtbild. Sollte der doch bleiben, wo der Pfeffer wuchs!

Keine Sekunde länger würde Anita auf ihn warten. Gehen würde sie und dann nach dem jungen Herrn von Bergen telefonieren, für den war der Krieg dank einer nicht zu entfernenden Kugel in der Hüfte vorbei. Diese Kugel wirkte sich etwas hinderlich auf seine Fähigkeiten als Paartänzer aus, aber er war trotzdem stets bester Laune, und er hatte Anita geschworen, er wäre auch ansonsten nicht beeinträchtigt. Was er damit genau gemeint hatte, das wollte sie eigentlich nicht wirklich herausfinden, als Abendgesellschaft taugte er dennoch.

Oder vielleicht … Anita überlegte, und es zuckte regelrecht in ihren Händen, so dringend wollte sie an einem Nagel herumkauen. Eigentlich könnte sie auch den Herrn Walter besuchen? Sich für die Blumen bedanken? Nur um zu sehen, was passierte? Was war da schon dabei, eine Art töchterlicher Besuch, nichts weiter. Und wie sich ihre Mutter darüber ärgern würde!

Bei dem Gedanken an die begehrliche Bewunderung in seinen Blicken schlüpfte Anita in ihre lackglänzenden Abendschuhe, warf sich ihren Salz-und-Pfeffer-Mantel über. Den doofen, langweiligen Mantel, den sie nur für den doofen, langweiligen Tierarzt angezogen hatte, der fand Pelze nämlich ekelhaft – außer bei Tieren, da war das natürlich etwas anderes. Mit dem Barett auf dem Kopf huschte sie hastig in Richtung Hinterausgang, schrecklich peinlich wäre es ihr gewesen, wenn jemand gemerkt hätte, dass sie sich so hinausstahl. So ohne männliche Begleitung, ohne eine Schar sie umdrängelnder Bewunderer. Wenn sie erst einmal richtig berühmt war, würde sie nirgends ohne Entourage hingehen. Eine große, möglichst gleichfalls berühmte, sie umwimmelnde Entourage. Nie mehr würde sie sich dann einsam fühlen.

Sie hatte heute so gut getanzt, so gut wie noch nie.

Und nur weil sie geglaubt hatte, er würde zusehen.

Aber er war nicht da gewesen. Er war nicht gekommen, obwohl er es versprochen hatte. Man konnte doch nicht etwas versprechen und es dann einfach nicht halten!

Sie stürzte eilig auf die Straße, sog tief die kalte Nachtluft ein, um diesen ekelhaften Zigarettengeschmack loszuwerden. Vielleicht sollte sie einen Kognak trinken? Kognak schmeckte noch übler, Bös musste Bös vertreiben. Beim Herrn Walter gab es bestimmt einen Kognak.

»Fräulein Berber!«

Und da war er. Fritz.

Stand gegenüber dem Ausgang, mit einem vermutlich aus Vorgärten zusammengeklauten Strauß winkend, vor Erleichterung und Freude breit strahlend.

»Ich hatte schon Angst, das wäre der falsche Ausgang.« Er schlang seine Arme um sie, ließ sie sofort wieder los, lächelte etwas verschämt ob solchen Überschwangs. »Ich dachte schon, du kämst da nie heraus.«

»Und ich, ich dachte, du kämst nie herein.«

»Aber ich kann doch da nicht rein. In deine Garderobe, also wirklich. Ich kompromittiere dich doch. Und wie wundervoll du getanzt hast! Ich weiß gar nicht …«

»Du musst auch gar nichts sagen. Die werden da schon drüber schreiben, oder auch nicht. Ist mir eigentlich ganz gleich.« Und das war nicht gelogen. Fritz war gekommen und hatte sie tanzen sehen. Das war, was zählte, das war, was blieb. Alles andere war ganz egal, Tourneen und Presse, neidische Konkurrenz und lackierte Nägel. Sie presste ihren Kopf an seine Brust, so fest, dass sie glaubte, sein Herz durch den Mantel und unter der Uniform schlagen zu spüren, sie wusste, hier gehörte sie hin. Hier würde sie bleiben. Das Leben war ganz einfach, wenn man es einmal verstanden hatte. Das Glück war umsonst, das war das große Geheimnis. Sie lachte vor Freude, weil Fritz gekommen war, vor Fröhlichkeit, weil ihre Zukunft so schön sein würde, und ein bisschen lachte sie auch über den kümmerlichen Strauß, wie für eine Beerdigung dritter Klasse, und ihre Hand in seine schiebend, flüsterte sie: »Das sind die schönsten Blumen, die ich je bekommen habe.«

»Blödsinn, aber ich verspreche dir …«

Anita schüttelte den Kopf, legte ihm einen Finger an die Lippen: »Ich meine das ganz ernst. Das sind die schönsten Blumen, die ich bisher bekommen habe. Aber später, da möchte ich einen großen Garten. Einen Garten voller Tulpen. Er muss aber wirklich groß sein, wegen unserer vielen Kinder. Ich bin ein Stadtkind und fand es ganz grässlich, Kinder müssen rauskönnen.«

Fritz lachte ein bisschen skeptisch. »Viele Kinder und einen großen Garten voller Tulpen? So genügsam? Die große Berber, kommender Stern des Berliner Nachthimmels?«

»Das ist mein Ernst!« Anita machte sich los, blitzte ärgerlich zu ihm hinauf. »Ich geb einen Dreck auf den ganzen Ruhm und das Berühmtheitsgewese. Ich hab das von klein auf bei meiner Mutter erlebt, dieses dauernde Zittern um jede Zeitungskritik, dieses lächerliche Gekrieche vor Intendanten und Prinzipalen. Immer freundlich, immer pünktlich, immer devot, damit man nur ja besetzt wird. Das ist so würdelos, so erniedrigend. Und keine Zeit für die eigene Tochter, weil man ständig Proben und Anproben, Premieren und Tourneen und was sonst nicht noch hat. Ich kenne das alles, und ich will es nicht. Ich will tanzen, natürlich will ich tanzen. Weil ich es kann und es mir Freude macht, aber ich will nicht berühmt werden. Da mache ich mir gar nichts draus. Ich will ein gutes kleines Leben. Eins, an das sich später außerhalb der Familie niemand mehr erinnert. Ich will meinen Kindern eine gute Mutter sein und meinem Mann eine gute Ehefrau. Und tanzen will ich natürlich auch, aber nicht für Geld und für Idioten. Ich will tanzen, ganz genau so, wie ich es will!«

»Was du alles willst!« Angesichts solcher Entschlossenheit wurde es Fritz ein bisschen unheimlich. Man durfte vom Leben nichts verlangen, das rächte sich bös. Und mit einem Lachen, das ihm nur halb glückte, entgegnete er: »Schau, ich bin da viel einfacher gestrickt. Ich will dich, jetzt und in Zukunft. Und wenn uns das gelänge, wenn wir in fünf Jahren wieder hier so stehen könnten, trotz des Krieges, das wäre doch schon viel?«

Anita nickte, er hatte ja recht, aber dann musste sie doch noch einmal nachhaken: »Die Tulpen im Garten, die versprichst du mir, Ehrenwort?«

1925

Die Tulpen vor dem Fenster, ihre schwankenden Schatten, dahinter der silberne Kies und noch weiter, schon in der Nacht ertrunken, das Haus des Vorarbeiters. Ein gelbes Viereck im Schwarz. Der Vorarbeiter hatte elektrisches Licht, die Leopolds hatten nur Gas, war auch besser so. Das grelle, alles ausleuchtende Licht war nichts für Frau Leopold, und das Zischen der Flamme bot vertraute Gesellschaft. Sie wartete auf ihren Mann. Wie jeden Abend. Da war eine Furcht in ihrem Herzen, eine Erinnerung aus dem Krieg, aus der Zeit, in der sie nie gewusst hatte, ob er wiederkam, zurückkam, heimkam.

Und heute war da noch mehr. Ein schlechtes Gewissen hatte sie, obwohl sie keines zu haben brauchte. Dieser Maler war hübsch.

Es war keine Sünde, das festzustellen. Doktor Storch von über ihnen war auch ein schöner Herr, elegant, kultiviert, immer in englischen Maßanzügen, selbst seine Schlafanzüge waren aus feinstem blau-weiß gestreiften

Flanell – sie hatte sie im gemeinsamen Trockenkeller gesehen und den Stoff mit vor Ehrfurcht und Heimlichkeit zitternden Fingern berührt. So weich! Und das schon vor dem Bügeln.

Die Tulpen vor dem Fenster begannen heftiger zu schwanken. Sturm zog auf. Frau Leopold blickte gegen die nächtliche Scheibe, in diesem gnädigen Spiegel war sie noch immer schön. Ob es das war, warum dieser Maler sie auf die Leinwand bannen wollte? Wie ihr das Interesse in seinem Blick geschmeichelt hatte. Er hatte die Frau gesehen, in der Fritz längst nur noch Mutter, Haushälterin und treue Gefährtin sah. Die Jahre ihrer Ehe waren lang. Und glücklich, zumindest meistens. Bereute sie, alles für ihn aufgegeben zu haben? All ihre Jungmädchenträume von Ruhm und Applaus? War er das wert? Wäre ein anderer mehr wert gewesen?

Wo blieb er nur? Der Kiesweg war hell, die Straße dahinter schwarz. Frau Leopold lauschte. Das Gaslicht zischte, die Balken knackten, Karl im Nebenzimmer schnarchte mit rasselndem Kinderatem.

Keine Glöckchen, die das nahende Gespann ankündigten, lange bevor das gelbe Licht zu sehen war.

Doktor Storch hörte Grammophon. Caruso, den liebte er ganz besonders.

Frau Leopold wartete, und wenn ihr Mann kam, würde sie beichten, mit zitternder Stimme in sein zerstörtes Gesicht hinein. Sie wollte sich malen lassen, sie wollte zu diesem Maler fahren.

Würde sie wiederkommen?

Natürlich. Ihr Fritz, ihre Kinder, ihr Klinkerhaus mit den Tulpen davor. Was blieb einem da zu träumen?

Die Musik schien einen Moment lauter zu werden, riss dann ganz ab. Doktor Storch war im Treppenhaus, die Ledersohlen seiner Tanzschuhe knallten auf den steinernen Stufen. Er ging fort, in die Stadt, zu den Lichtern, zum Tanz oder in die Oper – ins Varieté? Vielleicht sah er Nackttänzerinnen, deren makellose Körper er voll lüsternem Spott beäugte.

Wie bunt es in Berlin gewesen war. Wie bunt es dort jetzt erst sein musste, elektrische Lichter und Leuchtreklamen, rot, orange und blau, ins Dunkel blitzend und blinkend.

Damen von solch aberwitziger Schönheit, dass es einem schwindelte, und Streichhölzer verkaufende Krüppel im Rinnstein. Man wollte den Blick vor ihnen senken, doch sie waren schon ganz unten.

Herren im Smoking und Huren in Kunstseide, Parfum und Rasierwasser, Kernseife und Schweiß. Dazu der

Menschenlärm, die aufheulenden, quietschend abbremsenden Automobile, die allgegenwärtigen Jazzkapellen. Diese Musik, die Beine wurden nervös von ihrem Klang, und das Blut begann in den Adern zu kribbeln. Es war eine lockende Musik, zum Bösen, zum Wilden verführende Töne und Klänge. Tanzen, nur tanzen und darüber alles vergessen.

Frau Leopolds Magen zog sich schmerzhaft zusammen. Sie hatte Hunger, aber sie würde nicht essen. Keine Mahlzeit dieser Welt könnte sie sättigen, diese Leere in ihr füllen. Sie müsste tanzen. Aber nicht für sich allein, sie bräuchte die Bewunderung, die Anerkennung, die Gier fremder Augen, sie sehnte sich nach Applaus. Nach klatschenden Händen, ja sogar nach dem heißen, stechenden Schmerz eines gepfefferten Verrisses. Sie bräuchte das Angesehenwerden so sehr.

Ihre Hände verkrampften sich in ihrem Schoß, weiß traten die Knöchel hervor.

Schon fielen die ersten Regentropfen, dick und schwer wie Schmeißfliegen klatschten sie gegen das Fensterglas.

Frau Leopold wartete, aber Fritz kam nicht.

Die Tropfen zogen schmale, zittrige Bahnen, kaum aufgeschlagen, schon vom Fahrtwind weggeblasen, fortgetrieben. Der Schnellzug nach Berlin schoss durch Nacht und Sturm.

Sie hatten ein Abteil in der ersten Klasse gemietet, aber keinen Schlafwagenplatz. Das war in der Kürze der Zeit nicht mehr zu bekommen gewesen, und wofür auch, hatte Anita gelacht. War sie nicht dafür berühmt, während des 6-Tage-Rennens nicht eine Sekunde geruht zu haben? Wer schlief, sündigte nicht – und war sie nicht die Sündengöttin, die Königin von Babylon?

Jetzt aber war sie doch eingenickt, das zur Berbermaske geschminkte Gesicht in den Pelzkragen ihres Reisemantels gepresst, träumte sie, den rougierten Mund leicht geöffnet, die Hand an der Wange wie ein Kind.

Auch dem Doktor war sein geliebter *Odysseus* in den Schoß und der Hut über die Augen gerutscht. Die Zigarette in seinem silbernen Reiseaschenbecher war längst zu Asche zerfallen, nur der drückende Geruch von Opium und Tabak hing noch in der Luft.

Gleichmäßig ratterten die Räder, gleichmäßig schwappte der Kognakrest in Anitas Glas, gleichmäßig ging der Atem der Schlafenden – doch Susi war ganz munter. Sie konnte es noch immer nicht glauben.

Jeden Moment meinte sie zu erwachen. So eine Chance. Und Anita war natürlich sofort dabei, mit dem Nachtzug nach Berlin, um 8 Uhr 30 Ankunft am Stettiner Bahnhof, von dort mit der Taxe weiter, 9 Uhr 30 Frühstück mit dem berühmten Herrn Morgenstern im »Adlon«, um 12 Uhr 30 zurück nach Wiesbaden. Um 20 Uhr 30 dann Aufführung in Wiesbaden vor ausverkauftem Haus, um 22 Uhr 30 stand eine Zusatzaufführung wegen großer Nachfrage an. Das war ganz nach ihrem Geschmack, voll sollte ein Tag sein, besser noch: übervoll. Langeweile war nicht ihre Sache. Nicht nachdenken müssen, immer weiter, immer schneller, immer mehr, mehr, mehr! Bloß nicht stehen bleiben. Tempo, Tempo, der Wahlspruch der Zeit.

Susi war müde. In allen Knochen saß ihr die Erschöpfung, und doch war ihr Geist vollkommen wach. So eine Chance. Die letzte, vielleicht. Sie brauchte nicht in den Kalender zu sehen, sie wusste, dass nicht viel drinstand – nach Wiesbaden kam nichts. Keine Engagements, nicht einmal Modeaufnahmen oder Interviews.

Der Maler, aber nur vielleicht. Zur Wiesbadener Aufführung war er nicht gekommen, oder wenn doch, zumindest nicht hinterher in die Garderobe. Das war dann wohl eine Absage?

Was sollte sie sagen, wenn Anita sich erkundigte? Nach dem Maler, nach neuen Auftritten? Sie träumte von einer großen Tournee, Paris, Rom und natürlich wieder Budapest – aber die Zeiten waren vorbei. Endgültig.

Seien wir ehrlich, Fräulein Wanowski, an nackten Brüsten hat Europa sich überfressen wie ein kotzender Säugling. Damit ist heute nichts mehr verdient. Die grelle Sünde hat ihren Reiz verloren.

Susis Herz krampfte sich zusammen, voll von mütterlichem Schmerz. Sie wusste, er würde kommen, und fürchtete doch den Moment der Nachfrage. Sie wollte sie behüten vor dem Wissen um die Schlechtigkeit der Welt, um die Dummheit der Kritiker und der Massen – ihre zarte, süße Anita.

Vielleicht war Herr Morgenstern wirklich ihre Chance? Vielleicht verstand die Welt dann, dass Anita mehr war als nur sündschön? Nein, da belog sie sich selbst. Das Angebot des Herrn Morgenstern war eine Kapitulation vor der Dummheit der Massen. *Orientalische Tänze,* sie wusste genau, was sich dahinter verbarg.

Die orientalischen Tänze waren der Kniefall vor dem Geld und vor all denen, die in Anita nie mehr gesehen hatten als ein tanzendes, nacktes Objekt. Eine Aufziehpuppe der Erotik.

Und dennoch, die Schulden! So viele Schulden, die beglichen werden mussten.

Wenn Herr Morgenstern nur nicht zu direkt war. Susi hatte ihn inbrünstig gebeten. *Sie ist eine Künstlerin. Sie ist sensibel, seien Sie sanft.* Er hatte gelacht und ein schmatzendes Geräusch gemacht, vermutlich hatte er seine ewige Zigarre von dem einen in den anderen Mundwinkel geschoben.

»Weißt du noch, als wir das letzte Mal Schnellzug gefahren sind?« Anita sah sie aufmerksam an, keine Spur mehr von Schlaf. Das aufgeweckte Interesse ihres Blicks passte nicht zu den kalkweiß gepuderten Wangen und auch nicht zu der schwarz-grünen Bemalung ihrer Augen.

Susi wünschte sich Waschlappen und Kernseife. Sie konnte diese Maske nicht mehr sehen. Herr Morgenstern hatte recht, die Zeiten waren vorbei.

»Erinnerst du dich nicht, oder schläfst du mit offenen Augen?« Anita musterte sie eindringlich, griff dann in ihre Krokodilledertasche, entnahm ihr ein Armeemesser und … Susi traute ihren Augen nicht!

Eine Ananas.

Ohne sich um Susis Verblüffung zu kümmern, enthauptete sie die Frucht, zerlegte sie in Scheiben, griff dann abermals in ihre Tasche, zauberte einen Emailleteller hervor, weiß mit blau verziertem Rand. Nun schnitt sie die Frucht in Würfel, stellte dann das Häufchen zwischen sich und Susi.

»Da«, sagte sie, und Susi gehorchte. Nach einem kurzen Moment des Zögerns warf Anita Blätterteil und Butzen zum Fenster hinaus.

Doktor Klapper fröstelte im kalten Fahrtwind, zog die Schultern hoch, schnaufte zweimal tief, schlief dann jedoch weiter.

»War das letzte Mal Schnellzug nach der Geschichte mit dem Billard?«, wagte Susi nun einen Versuch und lag wohl gleich richtig, denn Anita lachte und nickte.

»Genau, da sind wir nach Budapest. Ab und weg.« Sie kaute und lachte und schob Susi auffordernd den Teller entgegen, diese nahm einen herzhaften Bissen, lobte wortreich, aber mehr, um das Thema zu wechseln. Sie dachte nicht gerne an die Geschichte mit dem Billard. In Baden-Baden war es gewesen, eine jener nervös überreizten, von Tabak und Champagner vernebelten Nächte, das ewige Surren der Roulettekugel, das Klirren von Glas, das Knallen von Korken, die Kapelle spielte die *Nocturnes,* und alle sprachen Russisch oder Französisch.

Anita mit fieberglänzenden Augen gewann und gewann und gewann, eine stetig wachsende Zahl von nackten Schultern und Smokings hatte sich schon um sie versammelt, so ein Spielglück! Das grenzte an das Übernatürliche, von einer schützenden Hand des Teufels wurde schon geraunt, und dann, von einem Moment auf den anderen, verlor sie, alles und noch mehr. Da drehte die Berber sich plötzlich um, griff nach einem Aschenbecher, und ohne ein weiteres Wort zertrümmerte sie ihn auf dem Hinterkopf eines Billardspielers. Der Mann hatte nichts getan, nicht einmal zugesehen.

Was aus dem Mann wohl geworden war? Ob er es überlebt hatte? Und wenn nicht?

Dann wäre Anita eine Mörderin.

»Du siehst müde aus.« Anita lächelte und rutschte etwas zur Seite, damit Susi neben ihr Platz hatte. »Komm, kuschle dich an mich und schlaf ein bisschen. Ich bleib jetzt wach und überlege schon mal, was ich Herrn Morgenstern für Tänze vorschlage. Etwas ganz Neues, Henri und ich haben so viele Ideen!«

»Ja, etwas Neues wäre schön.« Susi bemühte sich, nicht zu zögerlich zu klingen, denn neu war Herrn Morgensterns Ansatz ja durchaus. »Etwas radikal Neues, das wäre sicher ein guter Ansatz. Ich meine, die Zeiten haben sich seit der Inflation geändert.«

Seien wir ehrlich, Frau Berber ist so passé wie der Millionenmarkschein. Eine unangenehme, fast peinliche Erinnerung an die gesellschaftlichen Auswüchse jenes menschheitsgeschichtlichen Mückenschisses.

»Mm«, machte Anita, schob sich den letzten Ananaswürfel in den Mund und blickte träumerisch aus dem Fenster. Draußen begann es bereits zu dämmern. Grau und regennass erstreckten sich Wiesen und Felder. »Wieder ein neuer Tag. Sie wollen einfach kein Ende nehmen. Manchmal, da wünscht man sich doch, man wüsste, wie lange man noch durchhalten muss. Oder vielleicht ist es besser so, da hat man wenigstens die Hoffnung, es bald geschafft zu haben. Geht es dir auch so, dass du Gott dieses geschenkte Leben gerne zurückgeben würdest? Einmal zu sagen: ›Danke, aber ich brauche es nicht, und gefallen tut es mir auch nicht. Behalt deinen Mist!‹«

Aber dann lachte sie breit und fröhlich in Susis erschrockenes Gesicht hinein. War es nur ein Scherz?

»Weißt du, dass wir nie miteinander geschlafen haben? Warum eigentlich nicht?«

Susi schluckte und schluckte, und dann lachte Anita schon wieder, gab ihr einen Kuss auf die Nase und sagte: »Armes, armes Marzipanmädchen, komm, kuschle dich an mich und schlaf ein bisschen. In zwei Stunden sind wir in Budapest.«

»In Berlin«, verbesserte Susi rasch. Da war sie wieder, diese nagende Angst in ihrem Herzen. Machten das die Drogen?

Ganz weit fort verbannte sie das bange Gefühl, schloss die Augen, legte den Kopf an Anitas Schulter, der vertraute Duft nach Tabak und Moschusparfum, das monotone Rattern der Räder, fast schon war sie eingeschlafen, da hörte sie gerade noch Anitas Stimme, ganz leise und von fern: »Wenn der Tod des Schlafes Bruder ist und der Orgasmus ein kleiner Tod, ist Schlaf dann wirklich das Ausbleiben von Sünde?«

Ottos Fenster ging nach hinten raus, nicht auf den eleganten Kranzplatz mit all den durch den Piss wuselnden Gepäckboys und feinen Herrschaften, die, gebeugt unter riesenhafte Schirme, versuchten, trockenen Fußes in ihre spiegelnden Automobile zu gelangen. Die schönen

Damen bestimmt ganz aufgelöst über derartige Unbill der Elemente, bei der Drehtür zum Kranzplatz hatte die Sonne zu scheinen. Die Gäste waren es so gewohnt und hielten es auch für ihr Recht – seit Generationen ererbt oder erst frisch erschachert – Recht blieb Recht. Und nun Regen! Einfach so, sturzbachartig und ungebremst, wie Trommelfeuer aufs Dach hämmernd. Tommywetter hatten sie es im Graben fast liebevoll genannt.

Ein hämisches Lächeln schlich sich in Ottos Mundwinkel, die schönen Wildlederschuhe der Damen würden schon von den wenigen Schritten zum wartenden Automobil kapitulieren. Geschah ihnen recht, diesen verwöhnten Schicksen. Nasse Füße waren der große Gleichmacher.

Zufrieden blickte Otto auf den Dienstboteneingang hinunter, das war mehr seine Welt, obwohl er sich auch dort nicht heimisch fühlte. Hier kümmerte das Wetter niemanden. Wandschrankbreite Metzgergesellen, die Schürzen blutbeschmiert und die glatt rasierten Schädel nass glänzend, schleppten in endloser Prozession Schweinehälften vorbei, wechselten grölend schmutzige Witzworte mit dem volle Fässer wie Daunenkissen abladenden Bierkutscher, während sich die Chauffeure in snobistischer Attitüde abseits hielten. Sie trugen schwarze Gummipaletots oder auch ihre alten Uniformmäntel. Die Hüte tief ins Gesicht gezogen, rauchten sie ungerührt nach Frontsoldatenart in die hohle Hand. So hatten sie auch im Graben gestanden, mit Gleichmut und auf ein Zeichen, einen Befehl wartend, denn manchmal kam plötzlich Leben in die Gesellschaft, dann fluchte einer unvermittelt, schnippte die Zigarette plötzlich weg, stieg mit geübter Hast in den ihm von fremder Macht zugeordneten Wagen und brauste davon.

Otto seufzte und trat zurück an den Schreibtisch. Ein bemerkenswert scheußliches Stück, an einer Seite von gelangweilten Taschenmessern eingekerbt, an einer anderen nachlässig mit Lack repariert. Bestimmt war er aus einem der edleren Zimmer hierher gewandert. Wie eine gealterte, aus besseren Etablissements vertriebene Hure kam er Otto vor. Wie viele Menschen hatten schon auf ihm ihren Kummer und ihre Leidenschaft zu fassen versucht?

Ganz hell war es draußen nun schon, und Otto hatte noch immer seinen Schrieb nicht zustande gebracht. Ein simpler Geschäftsbrief sollte es werden. *Ich möchte Sie malen, bitte rufen Sie mich an, damit wir einen Termin vereinbaren können.*

Das war wirklich nicht schwer! Das hatte er schon oft auf ähnliche Weise geschrieben. Und dennoch saß er bereits seit Stunden hier.

Nach der Aufführung hatte er sich nicht in ihre Garderobe getraut, hatte Angst gehabt zu erröten wie ein verliebter Primaner. Was für eine Tänzerin! Was für Tänze!

Waren das überhaupt noch Tänze – dieses grauenerregende, den Betrachter als Voyeur beschämende Schauspiel? Der schlimmste war zweifellos *Kokain* gewesen. Der Höhepunkt des Abends, zu den Klängen von Camille Saint-Saëns' *La Danse Macabre, Opus 40,* begleitet durch ein im Programmheft abgedrucktes, gleichfalls *Kokain* betiteltes Gedicht des Baron von Droste. Die wirre, aus zusammenhangslosen Worten bestehende Lyrik hatte Otto mehr verärgert als vom künstlerischen Wert des kommenden Tanzes überzeugt, doch dann, dann war die Berber angetreten, um ihm jeden Zweifel an ihrer Kunst auszutreiben. In einer eng geschnürten, die Brust freilassenden schwarzen Korsage hatte sie in graublauem Dämmerlicht gelegen, regungslos, wie tot, und dann, beim ersten zaghaften Ton des Klaviers, ein kleines Muskelzucken der porzellanweißen Glieder. Mehr und mehr wurde es, der Körper von innen heraus geschüttelt, von unsichtbarer Hand herumgeworfen, erhob er sich und brach erneut zusammen. Versuchte es erneut und erneut, siegreich schließlich, plötzlich von ungeheurer Kraft erfüllt in wilde Derwischdrehungen, in stoßartige Sprünge verfallend, nur um dann mitten im Flug zusammenzubrechen, erneut zu Boden zu stürzen, Vorhang.

War das noch Tanz?

Wie lächerlich er sich gefühlt hätte, sich mit all den anderen danach zur Garderobe zu drängeln, und warum? Um ihr zu sagen, was ihr alle sagten, ständig. Übersatt musste sie des Lobes und der Bewunderung sein, sie, die große Berber, die sündschöne Dämonin der Republik.

Gestern Abend, da war ihm der Brief als leichter Weg erschienen, eine Nacht voll erholsamen Schlafs und dann ein schlichter, sachlich nüchterner Schrieb.

Otto zündete sich eine Zigarette an, inhalierte tief. Keine Sekunde Schlaf hatte er gefunden, in feuchtklebrigen Laken herumgewälzt hatte er sich, abwechselnd zitternd und schwitzend.

Er wusste genau, was er schreiben musste: *Sehr geehrte Frau Berber, ich nehme von meinem Vorhaben, Sie zu malen, Abstand. Hochachtungsvoll, Unterschrift.* Und er wusste auch, dass er genau das nie schreiben würde.

Das würde sein Meisterwerk werden. Sie würde sein Meisterwerk sein. Was für ein Bild, was für ein Motiv!

Sie, Anita Berber, der Inbegriff ihrer Zeit. Verfall, Schönheit und Sünde.

In Weiß würde er sie malen, in dem blendenden, jungfräulichen Weiß ihrer Seele würde er sie verewigen. Oder doch in Trauerschwarz?

Er wollte sie nicht malen, er wollte sie nicht wiedersehen, und doch würde er beides tun. Eine Notwendigkeit, vergleichbar mit dem Töten im Graben. Es war eine Frage des Überlebenswillens. Eine Frage des Mutes.

Otto war nicht feige. Otto hatte überlebt. Und seine Ehe würde auch überleben.

Er war ein erwachsener Mann, ein Familienvater. Er würde klarkommen. Weiber hatte er wirklich mehr als genügend. Keine glich dem Mutzli, das war Gesetz und Tatsache.

Das war die Lösung.

Otto nickte und drückte die Zigarette am Holz des Schreibtisches aus. Er wusste, was er zu tun hatte, schon griff er nach dem Telefon.

Das Mutzli würde es machen, das Mutzli würde der Berber schreiben.

»Madame Berber! Welche Ehre!«

Susi zuckte ein wenig zusammen, aber die Berber nicht. Die Berber liebte den Haupteingang, die niemals stillstehenden Drehtüren der Hotels, die beflissen vor ihr aufgerissenen Tore, das Herumwuseln von gesichts- und geschichtslosen Gestalten, die nur einen Wunsch und eine Existenzberechtigung hatten: ihr zu dienen.

Ihr Mantel war ein Nerz, ihre Strümpfe aus glänzender Seide und ihre schwindelerregend hohen Schnallenpumps aus rotem Wildleder. Aus rotem Wildleder war auch ihr Rock, doch den konnte man nicht sehen, sie trug den Nerz züchtig geschlossen, genau wie sie einen Schleier über das Gesicht gezogen hatte. Nur ihr weißes Kinn und die blutig rougierten Lippen waren zu sehen. Lächerliche Posse! Der allzu öffentliche Wunsch nach Privatheit, Gipfelpunkt der Eitelkeit.

»Das ist die Berber.« Die Köpfe im »Adlon« drehten sich, reckten sich, flüsterten einander zu. »Das ist die Berber!«

In arroganter Hast eilte sie weiter, dem Concierge hinterher, flankiert von Susi im biederen Tweedkostüm, gefolgt von drei Boys mit schweren Koffern aus Schlangenleder und Hutschachteln aus Paris. Sie würde keine zwei Stunden in der Hauptstadt bleiben, aber die Berber reiste niemals mit leichtem Gepäck.

Still wurde es in der großen Halle, die eleganten Herrschaften in der Lobby vergaßen ihren Mocca double und ihre englischen Tageszeitungen.

»Ist das die Berber?« Man erkannte sie oder erkannte zumindest, dass es hier jemanden zu erkennen gab.

Monokel wurden in Augen gedrückt und seidene Taschentücher hektisch über Zwickergläser gerieben. Was für ein Auftritt.

»Nee, das kann nicht die Berber sein. Die ist doch schon vor einer Ewigkeit an einer Überdosis gestorben. Und recht ist es ihr geschehen.«

In Susis Hals klopfte der Puls, hart und schnell. Hatte Anita das gehört? Gab sie überhaupt etwas darauf? Verletzte es sie nach all den Jahren noch? Und hatte sie auch Angst? Angst vor der kommenden Chance, die vielleicht die letzte sein mochte?

»Madame wünschen länger zu bleiben?«

Susi ahnte eine leichte Besorgnis in der Stimme des Concierge. Sie dachte an die dereinst von Anitas Äffchen zerstörten Vorhänge, an wüst beschmutzte Leintücher und einen zerschlagenen Spiegel im Badezimmer. Zumindest die Rechnung war beglichen, bis auf den letzten

Pfennig. Es war Susis Geld, aber sie würde es nicht zurückfordern. Nicht einmal erwähnt hatte sie es.

Genauso wie sie nicht erwähnen würde, dass die nächste Rate für den Nerz schon seit drei Wochen fällig war, und wenn jemand auf die Idee käme, die schweren Koffer auszupacken … Ach, besser, man ließ sie einfach geschlossen.

»Nein, ich bin nur auf der Durchreise. Ich muss heute Abend schon wieder in Wiesbaden auf der Bühne stehen.« Ihre Stimme war hauchig abgesenkt und trug doch durch die gesamte Lobby. »Herr Morgenstern erwartet mich zum Gabelfrühstück.«

»Gewiss. Herr Morgenstern erwähnte so etwas.« Jetzt war die Erleichterung des Mannes klar hervorzuhören, und sein Lächeln wurde gleich noch ein wenig enthusiastischer. »Heinrich.«

Heinrich, blond und hübsch und mit spiegelnden Lackschuhen, eilte herbei, verneigte sich zackig vor Madame, und auch Susi bekam einen kurzen Moment seinen Rücken zu sehen. »Wenn Sie mir bitte folgen möchten?«

Vorbei am Springbrunnen, vorbei an der Blumenbinderei und dem Coiffeur, die Schritte gedämpft durch dicke Lagen frisch ausgebürsteter Teppiche. Eine lautlose

Welt, trotz ihrer lärmenden Hektik. Der Liftboy riss beim Anblick der Berber die Augen auf, dabei war er zu ihren besten Zeiten noch nicht einmal konfirmiert gewesen.

Ach, Junge, was weißt du schon von der Berber!

Susi wollte es trotzdem als gutes Zeichen nehmen. Es würde schon klappen. Es musste klappen.

Sie gab Anita noch einmal ein Zeichen mit den Augen, doch diese blickte sich gar nicht um, drehte sich nicht um, entstieg grußlos dem Aufzug. Ganz aufrecht lief sie, und in dem kurzen Moment, bevor die Tür sich hinter ihr schloss, erinnerte sie Susi an eine andere große Frau. An Marie Antoinette. Marie Antoinette auf dem Weg zum Schafott.

Mit einem satten Schmatzen fiel die Tür hinter der Berber ins Schloss. Sie war ganz ruhig, ganz unbewegt, nur Anita, die sich irgendwo hinter der kalkweißen Maske verbarg – zuckte zusammen wie unter einer Ohrfeige.

Sie wollte vor Panik schreien und konnte doch nicht sagen, was sie mehr ängstigte: das bevorstehende Gespräch oder die Berber selbst. Wie sie dieses Weib hasste, diese unerträgliche Arroganz. Wusste es nicht, dass die Säle halb leer waren? Wusste es nicht, dass der lächerliche Mantel nicht einmal zur Hälfte bezahlt war? Sah es nicht die Rechnung, die es tagtäglich präsentiert bekam?

»Frau Berber?« Ein unpersönlich lächelnder Herr, ein Sekretär wohl, und die Berber, die reichte ihm mit kalter Herablassung die Hand zum Kuss.

»Nein«, quietschte Anita, und am Gesicht des Mannes konnte sie ablesen, wie schrill und panisch ihre Stimme klang. »Berber ist mein Mädchenname. Ich benutze ihn nur auf der Bühne, geschäftlich nicht.«

»Oh, pardon. Das war mir nicht bewusst.« Der Mann verneigte sich entschuldigend. »Es ist mir ungemein peinlich, seien Sie versichert, aber wären Sie so freundlich, mir die korrekte Anrede zu verraten?«

Sie schluckte.

Furchtbar heiß war ihr auf einmal, sie spürte einen Schweißtropfen durch das kalkige Puder auf ihrer Stirn rinnen. Der Raum war vollkommen überheizt, trotz des kalten Kamins und der geöffneten Fenster. Heiß dampfende Luft strömte herein, erschreckend trocken, trotz der am Glas hinabrinnenden Regentropfen.

Überdeutlich diese Tropfen, überdeutlich auch der Tropfen auf ihrer Stirn und die staubige Trockenheit in ihrer Kehle. Sie konnte an nichts anderes denken, nur an die Enge in ihrem Hals und die Nässe auf ihrer Stirn.

Sie versuchte sich zu konzentrieren, sie musste dem Mann ihren Namen nennen. Aber welchen?

Anita, Anita hieß sie. Das wusste sie ganz genau. Anita und wie weiter?

Sie hustete zweimal. Wartete einen Moment, manchmal erbarmte sich die Berber in solchen Augenblicken ihrer und rettete die Situation. So wie damals, als sie beim Anwalt stand, splitternackt bis auf die Strümpfe, da konnte Anita auch nur noch weinen, aber die Berber, die machte eine Anekdote daraus.

Sie hustete noch einmal, nein, heute würde ihr die Dämonin nicht beistehen. Natürlich, nachdem sie deren Namen gerade verleugnet hatte.

Anita brauchte den Mann gar nicht anzusehen, sie wusste um die Besorgnis in seinen Augen. Und dann klappte sie einfach ihre Tabatiere auf, es geriet ihr ein wenig ungelenk – nicht wie bei der Berber, die konnte aus so einer Geste einen sinnlichen Akt machen –, aber zumindest tat sie überhaupt etwas, und Zeit gewann sie auch.

Oh, wenn ihr nur einfiele, wer sie war.

Frau Berber war falsch. Frau Leopold war sie nie geworden. Vom Baron war sie geschieden, von dem davor auch.

Es war wirklich zu dumm. Es war so peinlich, wenn man sich keine Namen merken konnte. Dabei hatte der Standesbeamte sie bei der Hochzeit mit Henri sogar gelobt, ihr zu ihren routinierten Kenntnissen des Vorgangs gratuliert.

Henri, das war der Mann, mit dem sie aktuell verheiratet war. Ein ganz reizender Mensch, sehr talentiert und ungemein freundlich. Irgendwas mit C war's …

»Nennen Sie mich doch einfach, wie Sie wollen. Ich bin für jeden alles. Oder nichts.« Endlich hatte die Berber sich ihrer erbarmt, ließ das elektrische Feuerzeug aufklacken, hielt ihre Zigarette daran, inhalierte und lachte kehlig. »Bringen Sie mich jetzt zu Ihrem Chef, das ist es doch, was Sie wollen, oder?«

Der Sekretär nickte zackig. Er schien keineswegs in irgendeine Versuchung geführt. Der wollte das grässliche, verwirrte, wüst schwitzende Weib loswerden, möglichst schnell und möglichst ohne dass sie, drogenumnebelt, wie sie war, ihm unter seiner Obhut zusammenbrach. Anita erkannte das sofort.

Der Sekretär war einer von den Anständigen. Seine

Frau wusch sich täglich mit Kernseife, und das Bettzeug, das bleichte sie alle drei Wochen. Das war auf die Dauer schlecht für den Stoff, aber vom hygienischen Standpunkt aus einfach unerlässlich.

Anita sah den Ekel und das Mitleid in den Augen des Mannes. Er wusste von den halb leeren Sälen, und die unbezahlten Raten, die ahnte er. Sie hätte gerne etwas Freundliches zu ihm gesagt, etwas, das ihn aufheiterte, ihn mit der Situation und Anita Berber versöhnte. Es war ihr unangenehm, dass sie diesem armen Menschen einen schrecklichen Vormittag beschert hatte.

Sie wusste, seine Frau war naturblond, mit runden, von Sommersprossen übersäten Wangen und muskulösen Armen, denn so sahen Schönheiten heutzutage aus. Sportlich und rein, praktisch und unkompliziert wie ein vorgeschnittenes Heftpflaster.

Sie wollte nicht, dass er vor seiner Frau schlecht über sie sprach, und rasch, schon halb aus dem Zimmer, kiekste sie: »Ihre Krawatte ist wundervoll. Die hat Ihre Gattin gut ausgesucht. Wirklich wunderhübsch, so eine schöne Krawatte habe ich in meinem ganzen Leben noch nicht gesehen. Sagen Sie Ihrer Gattin mein Kompliment!«

»*Gut Margn,* Fräulein Wanowski«, riss eine Stimme Susi aus ihren Gedanken, erschreckte sie derart, dass sie hörbar nach Luft schnappte.

Ihr gegenüber stand ein Riese. Oder nein, ein Gladiator. Im pelzbesetzten Morgenrock, doch eindeutig ein Gladiator mit güldenem Helm, Netz und Dreizack.

»Fräulein Wanowski, *ez is ober ikh.*« Er lachte sie breit mit einer Reihe vergoldeter Zähne an, verfiel dann vom Jiddischen ins Berlinerische und rief erneut: »Icke bin's. Der Sische.«

Und endlich begriff auch Susi das Offensichtliche, fiel dem Mann lachend in die Arme. »Sischi, du hier! So ein Glück«, rief sie aus, und plötzlich wusste sie, dass alles gut würde. Es konnte gar nicht anders. Sischi war hier, und wenn Sischi da war, konnte einem nichts passieren. Er hob sie hoch, als wäre sie eine Feder, drückte ihr schmatzende, onkelhafte Küsse auf Stirn und Wangen, ließ sie wieder runter, strich ihr übers Haar und rief mit tönendem Bass: »Meine Schönste, was treibst du in der Hauptstadt? Nein, sag's nicht, ick weß es! Der Morgenstern?«

Susi nickte, und einen Moment war sie ganz glücklich. Obwohl sie mitten auf dem Hotelflur standen, fiel sie ihm abermals in die Arme. Sischi zu sehen, das war immer ein Glück, denn Sischi war ein Erfolgsmagnet –

im wahrsten Sinne des Wortes. Er hatte da zum Beispiel eine Nummer, da trieb er sich zuallererst eine gute Handvoll fingerdicke Nägel bis zur halben Länge in den Arm, ließ sie dann mit riesigen Magneten behängen, und an den Magneten befestigte er noch mal größere Magnete, nur um all das schließlich mit einem einzigen, von animalischem Brüllen begleiteten Muskelzucken wieder auszustoßen. Susi wusste, es musste da einen Trick geben, aber sie wollte ihn gar nicht kennen. Es war schön, neben Sischi zu stehen und nicht alles wissen zu müssen.

»Lass mich raten, Anita tritt nächste Woche auch im ›Wintergarten‹ auf? Das wird eine Riesenschau, alles, was Rang und Namen hat, kommt. Die ganze alte Garde. Otto hat drei neue Lieder, ich frag mich ernsthaft, wann schläft der Mann eigentlich?« Er lachte und merkte gar nicht, wie Susi unter seinen Worten zusammensank, dröhnte einfach munter weiter: »Valeska Gert kommt auch. Stimmt es eigentlich, dass sie mit Anita zusammen debütiert hat?«

Susi mochte die Gert nicht besonders, obwohl die so ein netter, stets leicht fröhlich verwirrter Mensch war, dass man sie eigentlich auch nur mögen konnte. Wenn Susi ehrlich zu sich selbst war, dann neidete sie der

Tänzerin den andauernden Erfolg. Die wurde noch vom Kino angefragt, auch von zahlreichen Theatern, großen wie kleinen Bühnen.

Dabei ähnelten ihre Tänze denen Anitas stark, waren teilweise vielleicht sogar noch radikaler im pantomimenhaften Ausdruck. Da gab es eine Nummer, die hieß *Tod* und setzte mit einer bis dahin nie dagewesenen Sachlichkeit die letzten Atemzüge eines Menschen ins Bild, fast bewegungslos und dreifach verlangsamt. Eine andere zeigte eindeutig einen Orgasmus – auf offener Bühne. Und die Kritiker, die waren begeistert, dieselben, die Anitas *Kokain* als unanständig verdammten. Warum nur?

War es, weil die Gert nie von sich behauptete, Kunst zu machen, weil sie problemlos komische Nummern wie *Die Spreewälder Amme* oder *Komposition auf ausgeleiertem Klavier* ins ernste Programm aufnahm? War es, weil sie weitgehend skandalfrei arbeitete, stets mit demselben Mann schlief? Oder war es, weil sie für eine Tänzerin im Grunde zu alt und hässlich war? Einer unattraktiven Frau verzieh man Talent eher, sie hatte ja sonst nicht viel.

»Anita und die Gert waren beide Eleven bei Rita Sacchetto. Kann schon sein, dass sie mal zusammen aufgetreten sind«, hielt Susi ihre Antwort vage, dabei kannte sie die Geschichte von Anitas glanzvollem Debüt damals im Blüthner-Saal. Anita hatte ihr oft davon erzählt, von der begeisterten Presse, von den Postkarten mit ihrem Gesicht und dem Namen von Rita Sacchettos Tanzschule, vor allem aber von der Garderobe voller Blumen und von Fritz, der sie manchmal abholte. An einem dieser Abende hatte er ihr den Antrag gemacht, mit Kniefall – der war Anita schrecklich wichtig, den vergaß sie nie zu erwähnen, so als wäre die Verlobung erst durch den Kniefall eine richtige. Dabei hatte sie sogar einen Ring, wenn es auch nur ein aus einer blonden Strähne gedrehtes Band gewesen war – und obwohl der keinen materiellen Wert darstellte, hatte der Baron auch ihn geklaut. Vermutlich weniger aus rachsüchtiger Bosheit denn aufgrund der simplen Tatsache, dass er eben die komplette Schmuckschatulle eingesteckt hatte. Und doch war die Locke das Einzige, wegen dem Anita wirklich tobte. Die Perlen und das Diamantenhalsband, das ihr der Admiral Miklós Horthy in glanzvolleren Tagen zur Premiere verehrt hatte, all das schmerzte sie mehr der Form halber. Das war schade ums Geld, doch der Verlobungsring war es gewesen, der Anita ungewohnt bürgerlich zur Polizeiwache getrieben hatte, nur um dort zu erfahren, dass es das gute Recht eines rechtmäßig angetrauten Ehegatten sei, den Schmuck seiner Frau mit auf Reisen zu nehmen.

Und sich vor Wut kühl gebend, hatte die Berber ganz sachlich gefragt, ob es dann auch sein gutes Recht sei, sie zu ohrfeigen, sie als »Hure« zu beschimpfen und sie dann ins Bad zu sperren.

Darauf hatten die beiden Schupos Anita sehr eingehend gemustert: ihre verfilzten, wirr abstehenden Haare, den eleganten Schneefuchs, den die Berber unachtsam und in Eile über ihr Seidennachthemd geworfen hatte, die Flecken von Erbrochenem und Kognak auf dem zarten Stoff, die dunkel durchschimmernden Brustwarzen, das verschwollene, blau geschlagene Auge, die aufgeplatzte Lippe und besonders eindringlich Anitas blutige Hände. Der abgesplitterte Nagellack schien die beiden Polizisten sehr zu faszinieren. Susi, die im simplen Salz-und-Pfeffer-Mantel danebengestanden hatte, hatte nur einen flüchtigen Blick abbekommen, und dann, dann hatte der rechte Schupo genickt, und der linke hatte gesagt: »Ja, solange sie sich in einem gewissen, der Norm entsprechenden Rahmen bewegt, kann die Züchtigung der Ehefrau durchaus notwendig erscheinen. Besonders, wenn die Gattin sich wiederholt uneinsichtig gezeigt hat.«

»Uneinsichtig! Ich werde Ihnen zeigen, wie einsichtig ich bin!«, hatte Anita gebrüllt, und das hatte sie dann vermutlich wirklich getan: Beamtenbeleidigung mit tätlichem Angriff, Beamtenbeleidigung in einem besonders schweren Fall, Beamtenbeleidigung in einem minder schweren Fall, Widerstand gegen die Staatsgewalt, Beschädigung von preußischem Staatseigentum, Zweckentfremdung von preußischem Staatseigentum sowie Erregung öffentlichen Ärgernisses durch Entblößung der Kehrseite.

Zuchthaus von über einem Jahr hatte im Raum gestanden, doch dann hatte Muskel-Adolf, Herr über die organisierte Kriminalität der Hauptstadt, sich persönlich für die Berber eingesetzt. Seine Geburtstagsfeier stand an, eine längerfristige Inhaftierung hätte das komplette Rahmenprogramm durcheinandergebracht, und da er dank seiner jahrelangen Zuhältererfahrung auf fundierte Kenntnisse der weiblichen Psyche zurückgreifen konnte, versicherte er sehr überzeugend, dass die Entwendung von Schmuck selbst bei sonst sanftmütigen Frauen zu Hysterie führte. Vermutlich hatte er seinen Argumenten noch auf die eine oder andere Weise Nachdruck verliehen, aber schließlich musste er seine Gäste nicht enttäuschen, und wie Anita sagte, war das ja die Hauptsache.

»Ich hab's gerade dem Morgenstern vorgemacht, aber ich verrate dir nichts, hier haben die Wände Ohren, und sonst kommt dieser Pinsel von Hanussen plötzlich noch vor mir damit auf die Bühne.« Sische stand ihr noch immer gegenüber und hatte gar nicht bemerkt, dass Susi im Kopf andernorts gewesen war. Er sprach noch immer von der geplanten Revue, von seiner Nummer und von der tollen Schau. »Ach, komm. Ich verrate dir doch was, meine Nummer, also die wird top. *Sigismund Breitbart, der stärkste Mann der Welt! Der Eisenkönig zurück aus den Staaten: sensationell, wundervoll, schlicht groys!* Und Anita gleich hinterher. Das ›Wintergarten Varieté‹ wird unter dem Applaus erzittern.«

Er strahlte und lachte, und Susi versuchte verzweifelt, die kürzlich noch verspürte Zuversicht nicht zu verlieren. Nein, Anita würde nicht im »Wintergarten« auftreten, nie wieder. Zerstörte Garderobe, ein nach dem Hausmeister geworfener Aschenbecher, Prügelei mit einem Gast, fristlose Vertragsauflösung mit Androhung von Strafzahlung. Ebenso wenig würde sie je wieder in der »Schwarzen Katze« oder der »Weißen Maus« auftreten: Prügeleien mit Gästen und Kellnern, einem Gast hatte sie auf den Teller uriniert, anschließend gab es Auftrittsverbot.

In Rosa Valettis »Rakete« hätte sie vielleicht noch auftreten dürfen, aber die gab es nicht mehr, desgleichen galt für »Die Rampe«. Nicht einmal bei Muskel-Adolfs Geburtstagsfeier würde sie wieder zu sehen sein, dieses Jahr planten die Herren Ringvereinsbrüder eine Ruderpartie auf dem Wannsee. Bewegung, Sonne und gute Luft, das hielt jung und frisch.

Es war, wie Morgenstern Susi am Telefon schon gesagt hatte, es gab nur noch sein Angebot für Anita. Die Alternativen waren aufgebraucht.

Sischi aber wusste all das nicht. Er las keine Zeitungen und klatschte nicht mit Kollegen, er trug eine Tunika aus Tigerfell, ließ sich Tischplatten auf dem Schädel zertrümmern und zog Panzerwagen an den Zähnen über die Bühne. Die kleinen Buben im Publikum quietschten vor Glück, und ihre Väter klatschten anerkennend, von Mann zu Mann, ein tolles Stück. Sonntags ging er in die Synagoge und dankte dem Herrn für seinen grenzenlosen Erfolg. Mehr wollte er nicht, und mehr interessierte ihn auch nicht.

Als er Susi fragte, ob sie ihn auf einen kleinen Braunen in seine Suite begleitete, lehnte sie ab. Sie winkte ihm kameradschaftlich hinterher, wie er in seinem pelzbesetzten Morgenrock und den lächerlichen Römersandalen den Gang hinunterging. Gesund, kraftstrotzend, auf dem Höhepunkt seines an Höhepunkten so überreichen Lebens.

Die Berber zum Gabelfrühstück einzuladen, das war ein Witz der besonderen Art. Jeder in der Branche wusste, die Berber aß nicht, niemals, und tat sie es doch, dann bestand ihr Frühstück aus weißen, in Chloroform und Äther getauchten Rosenblättern, dazu Champagner. Und zum Nachtmahl eine Flasche Hennessy, den Kognak ließ sie sich sogar vertraglich zusichern.

Bisher noch, aber die Zeiten waren vorbei oder würden es zumindest bald sein. Benjamin Morgenstern klatschte in die Hände, zweimal, zur Begrüßung und zum Zeichen für das Personal, mit dem Auftragen zu beginnen.

Ganz ungeniert musterte er die Berber. Immer noch schön, aber aus der Zeit gefallen – und damit meinte er nicht die für zehn Uhr früh viel zu stark aufgetragene Schminke. Für einen der Gummibusenträger aus dem »Eldorado« könnte man sie glatt halten. Dazu der billige Nerz. Grauenhaft!

Das war einer der wichtigsten Tipps, den er jedem Starlet, jedem Chorgirl gab: »Wenn es nicht für den teuersten Pelz in der besten Qualität reicht, dann tragt besser keinen.« Alles andere war lächerlich.

Er ließ seinen Blick weiter taxierend über die Tänzerin gleiten, nickte dann zufrieden oder zumindest nicht unzufrieden. Das Potenzial war da. Er hatte einen Blick dafür, darauf bildete er sich einiges ein.

Bei den Costello-Schwestern, da hatte jeder nur zwei pummlige Ladenmädchen mit niedlichen Speckgrübchen in den Kniekehlen gesehen, doch er, er hatte in ihnen zwei grazile Showgirls entdeckt, mit rasiermesserscharfen Wangenknochen und Ärmchen dünn wie Streichhölzer, Export-Stars, Schönheiten von internationalem Ruf. Und jetzt, wo die beiden zwanzig Kilo leichter waren, da sah es auch die Welt.

Oder Conrad Veidt, das diabolische Zucken in den Augen, das hatte Benjamin mit ihm eingeübt. Er wusste, was dem Schauspieler noch zum Erfolg fehlte.

Die Figur der Berber war noch immer gut, noch immer in Mode, schmale Hüften, winzige, feste Brüste, ein bisschen klein, aber das fiel auf der Leinwand nicht auf. Die Augen waren schön, der Mund ausdrucksvoll. Ja, das Potenzial war vorhanden. Und nicht einmal eine

Nulldiät war vonnöten, da reichte ein Waschlappen, zumindest für den ersten Eindruck.

»Sind Sie fertig mit der Musterung?« Spöttisch blitzte es in den grünen Augen, und ohne seine Aufforderung abzuwarten, sank sie in einen Sessel, blickte ihn dabei unverwandt an: »Es ist alles echt und alles meins. Allein meins. Privatbesitz, nur dass wir uns von Anfang an verstehen.«

Morgenstern konnte nicht anders, er musste einfach grinsen – Chuzpe hatte das Weib, das musste man ihm lassen.

»Dürfte ich Ihnen einschenken? Was hätten Sie gerne?« Eine Reihe von Dienstmädchen wuselte auf einmal um sie herum, brachte auf Kirschholzwagen das Frühstück, silberne Schalen voll goldgelber Croissants und Brötchen, voll rotbackiger Äpfel und glänzender Apfelsinen. Der Duft von warmer Milch und heißem Kaffee, bürgerliche Wohlanständigkeit und als Fremdkörper darin die Sündengöttin. Wenn Benjamin mit ihr fertig war, würde sie hineinpassen.

»Möchten Sie vielleicht ein Glas Champagner?« Die Frage war ein Test, aber sie schüttelte nur arrogant den Kopf. »Nein, danke, die Mäusepisse hier trinke ich nicht. Außerdem wäre ich Ihnen dankbar, wenn Sie die

Fressalien wieder abtragen lassen könnten. Mir wird bei dem Anblick schlecht, und wenn ich mir Sie so ansehe, eine ausgefallene Mahlzeit täte Ihnen auch ganz gut.«

Morgenstern starrte einen Moment sprachlos, dann winkte er den Mädchen, die Teller wieder abzutragen. Leicht würde es mit der nicht, aber leicht machte auch keinen Spaß.

»Ich an Ihrer Stelle hätte die Einladung zum Essen nicht ausgeschlagen. Sie wissen nicht, wann Sie sich wieder etwas Derartiges leisten können. Ich denke, wir wissen beide Bescheid über Ihre mehr als prekäre finanzielle Lage.«

Sie zuckte nicht mit der Wimper, beobachtete ihn nur abschätzig aus diesen kalten, seltsam grünblauen Augen. Augen wie die ostpreußischen Seen seiner Kindheit, voll von Untiefen und Gefahren.

»Allein das Schweigegeld, das Sie dem von Ihnen halb tot geprügelten Billardspieler gezahlt haben, hätte ausgereicht, um andere zu ruinieren. Dann natürlich die Wiener Strafzahlungen, Steuerschulden, Schulden bei diversen Schneidern und Modisten, dazu Ihre kostspieligen Süchte – Kokain, Morphium und nicht zuletzt immer mal wieder das Roulette.«

»Ein bisschen Freude braucht der Mensch. Es sind langweilige Zeiten.« Ohne sichtliche Erschütterung hielt sie seinem Blick stand, hob gleichmütig die Schultern: »Haben Sie mich extra aus Wiesbaden kommen lassen, um mit mir das Haushaltsbuch durchzugehen?«

»Dann haben Sie überall in Europa Hotelschulden im insgesamt vierstelligen Bereich und, nicht zu vergessen, einen geplatzten Scheck bei der Kriegsgräberfürsorge.« Letzteres hatte er nur der Vollständigkeit halber aufgeführt, doch ganz plötzlich blitzte eine Gefühlsregung in den so übersatten Augen auf. Was es war, vermochte Morgenstern nicht zu sagen. Wut? Oder Enttäuschung? Aber Enttäuschung worüber?

Und mit einer seltsam kieksigen Stimme stammelte die Frau ihm gegenüber: »Das mit dem Scheck war ein einmaliges Versehen. Ich wusste nicht, dass der Baron auch meine privaten Konten geleert hatte. Ich spende seit Jahren für die Kriegsgräber, und nie ist mir vorher oder hinterher etwas Derartiges passiert. Es war mir sehr peinlich, das können Sie mir glauben.«

Eigentlich war Morgenstern mehr nach Staunen denn nach Glauben. Es gab Leute, sogar ziemlich viele, die behaupteten, die Berber sei wahnsinnig, schon seit Jahren verrückt wie ein Kuckuck nach einer Flasche Schnaps.

Die ganzen Drogen hätten ihr den Verstand weggegrillt. Aber Morgenstern mochte keine einfachen Lösungen, wo bliebe da der Spaß?

Einen Moment lang fixierten sie einander, dann senkte Morgenstern die Augen. Was für eine Frau.

Man musste regelrecht aufpassen, dass man sich nicht in sie verliebte. Das wäre gefährlich, war keinem bisher gut bekommen. Die fraß die Männer lebendig.

Morgenstern grinste schief, und mit diesem Piratenlächeln auf den Lippen sagte er: »Kommen wir zur Sache. Ich habe ein Angebot für Sie.«

1922

Ich habe ein Angebot für Sie.

Der Mann war hager, aber nicht unattraktiv gewesen, mit einem winzigen dunklen Schnurrbart, wie ihn die Franzosen trugen. Ein Offizier, der sie für das Nacktballett seiner Frau Celly de Rheidt hatte gewinnen wollen. Eine große Nummer wäre das, sehr lukrativ, stadtbekannt, wenn auch nur im Hinterzimmer.

Susi wollte nicht mitkommen, nicht einmal zum Ansehen und hinterher darüber Lachen. Susi studierte lieber Börsenkurse und las britische, amerikanische und französische Zeitungen, umgeben von gleich drei dicken Wörterbüchern. Sie glaubte an eine neue Währung und an ein nahes Ende der Inflation. Anita war das egal. Sie fand kindliche Freude daran, ihre Gage in Millionen und Milliarden ausgezahlt zu bekommen, herrlich schwindlig konnten einen diese ganzen Nullen machen.

Und wenn sie im maßgeschneiderten Herrenanzug, das Monokel im Auge und den Fuchs über die Schulter geworfen, zu ihrer wartenden Limousine schritt, dann taten ihr all die Menschen, die irgendwo in fernen Stadtteilen hungerten, überhaupt nicht leid. Die hatten es verdient, ganz Deutschland hatte es verdient. Die waren alle mit schuld, die hatten alle gejubelt, damals im Juni 1914. Sollten sie doch verrecken, ihr hatte auch keiner geholfen. Sollten die sich doch selbst retten, Fritz hatte auch keiner gerettet!

Nur die Tiere, die konnten nichts dafür, deshalb fütterte Anita in ihrer Suite verflohte Kater mit Gänseleberpastete, und für streunende Hunde bestellte sie Filetsteaks gleich im Dutzend. Auf Fritz' Feldbrenner erwärmte sie kleinen Igeln Haferflocken mit Dickmilch oder bereitete für einen ganzen Wurf rabenschwarzer Kätzchen pochierte Eier. Von den Eiern hatte sie an jenem Abend auch einen weißen Fleck auf dem schwarzen Kleid, und während sie in der Taxe saß, überlegte sie sich, was für schmutzige Gedanken, was für ekelhaftes Gerede der Fleck wieder heraufbeschwören würde.

Die Fahrt war lang, fort von den ihr wohlvertrauten, grell erleuchteten, im Dreivierteltakt blinkenden Straßen voll eleganter, vergnügungssüchtiger Menschen. Nur sie und der Fahrer und Fritz, der nicht da war. Sie war nicht so tief gesunken, dem Chauffeur von ihrem

Verlobten zu erzählen, denn alle hässlichen alten Jungfern der Hauptstadt hatten einen im Krieg gebliebenen Verlobten, mit denen wollte sie sich nicht gemeinmachen. Und dem Mann zu erklären, dass Fritz tot, aber nicht gefallen war, das war ihr dann doch zu kompliziert.

Irgendwann hielt der Wagen schließlich vor einem ganz gewöhnlichen Wohnhaus, nicht besonders elegant, nicht besonders schäbig, drei Parteien, und Anita klingelte im Rhythmus des vereinbarten Zeichens, den Wagen aber ließ sie warten.

Eine schief getretene Treppe musste sie hinauf, so eng, dass sie sich fragte, ob da hin und wieder mal einer von den fetten Amerikanern unter den Gästen stecken blieb. Und wenn ja, ließ man dann das Devisenschwein zurück, bis es abgenommen hatte, oder schob und zerrte man es heraus? Vermutlich Letzteres, denn es gab nur den einen Zugang.

Und in der Wohnung, ganz falsch war da alles. Anita schauderte schon in der Tür. Plüsch und Stuck und alles ein bisschen staubig und nicht ganz frisch geputzt. Klebrige Glasränder auf dem Kirschholz und Aschestaub auf den Sofalehnen. Der Hausfrau in ihr fiel das durchaus sofort auf, trotz des auf dämmrig gedrehten Lichts.

Wie konnte man so auftreten? Die Bühne hatte immer, absolut immer blitzsauber zu sein! Wie sollte sie denn sonst ihre Aufgabe erfüllen, nämlich Bühne, Hintergrund für Kunst zu sein? Und wie sollte sich jemand auf Kunst konzentrieren, wenn es einen ständig in den Fingern juckte, ein wenig aufzuräumen, ein wenig Staub zu wischen?

Aber so weit dachte hier keiner. Auch kein Orchester, sondern nur Grammophon, und die Herren zum Teil im Smoking, zum Teil in Uniform. Wie so ein altes Pickelhaubenpuff aus der Kaiserzeit kam Anita das vor, und am liebsten wäre sie auf der Stelle wieder gegangen.

Dass sie dort niemals auftreten würde, das wusste sie sofort, da musste sie nicht erst die Tänzerinnen zwischen den Sesseln herumhüpfen sehen. Hübsche Mädchen, die ein paar Ballettschritte kannten und ansonsten einfach nur nackig waren. Nackig wie in der Gemeinschaftsumkleide eines drittklassigen Sportvereins, und genauso erotisch war es auch. Man wollte ihnen Handtuch und Rückenschrubber reichen.

Das war keine Kunst.

Das war bestenfalls schlüpfrig, und wenn man es genau nahm – was Anita tat –, dann war es regelrecht unanständig.

Nackte Brüste, nackte Muschis und Zigarre paffende Männer in Uniform. Wie konnte dieser Offizier nur annehmen, dass sie, die große Berber, sich zu so einem Schmuddelkram herablassen würde? Beleidigend war so etwas – und wenn er sie noch einmal darauf anspräche, dann würde sie ihm den Unterschied erklären, den riesenhaften, grabentiefen Unterschied zwischen einem vulgären, nackt die Brüste schwingenden Weibsbild und einer Künstlerin ohne Kleidung. Sie trug auf der Bühne einfach nichts, die Weiber dort aber entblößten sich!

Giftiger Ekel ob derartiger Unmoral schnürte ihr die Kehle zu, sie verstand plötzlich all die dummen kleinen Gendarmen der Sittenpolizei. Wer den Unterschied nicht erkannte, weil er zu ungebildet oder, schlimmer noch, zu verbildet war, dem musste es beim Anblick ihrer Tänze ähnlich gehen. Geduldig würde sie in Zukunft mit all diesen Uniformträgern sein, ganz langsam und ohne jeden Spott würde sie es ihnen wieder und wieder erklären. Dass sie ohne Kleider auftrat, weil ihr Körper schön war und sie nur so, ohne jeden störenden Stoff, allein durch die reine Ästhetik ihres Körpers am besten ausdrücken konnte, was ihre Seele bewegte. Natürlich tanzte sie manchmal auch einfach ein bisschen nackig, weil es ihr Spaß machte, wenn die hübschen

Kerle in den Rängen wild wurden, aber das war schließlich kein Verbrechen. Hätte Gott das nicht gewollt, hätte er eine zweihundert Pfund schwere Opernsängerin aus ihr gemacht, dann hätte sie singend und sittsam verhüllt ihre Seele präsentiert. Deshalb war das bei ihr in Ordnung, und hier, hier war es eine unmoralische sittliche Verfehlung sondergleichen!

Nur noch fort wollte sie, selbst wenn das abermals eine endlose Fahrt bedeutete, nur mit Chauffeur und Fritz, der nicht da war. Doch gerade als sie sich zur Tür wandte, da trat aus einem der angrenzenden Bumszimmer ein Mann, ein schöner Mann, der schönste Mann, dem Anita je begegnet war.

Schwarzes, eng an den herrlichen Kopf pomadisiertes Haar, dunkle, nach Pharaonenart noch dunkler geschminkte Augen, barfuß, in Smokinghosen und das blütenweiße Seidenhemd offen, nachlässig unter den Gürtel gestopft. An seiner Hand hing, schmachtend und zerzaust, ein hellhaariger Junge von vielleicht achtzehn Jahren. Der Blondschopf hatte nach Matrosenart einen Reichsadler quer über die komplette Brust tätowiert.

Der Dunkle trat mit langen Schritten an das Tango plärrende Grammophon, wollte vielleicht eine neue Schallplatte auflegen, vielleicht aber auch nur sehen, was es so gab, doch mitten in der Bewegung hielt er inne und sah auf. Er hatte Anitas Blick gespürt. Sie konnte die Augen nicht von ihm nehmen.

Er war der Anti-Fritz. Sie wusste es sofort. Er war all das, was Fritz nie hatte sein wollen. Ein Nachtzwilling, ein böses Spiegelbild.

Vielleicht war es das, was sie brauchte? In diesen verrückten, vollkommen verkehrten Zeiten? In dieser auf den Kopf gestellten Welt?

Wenn einem gute, anständige Männer nur Schmerz brachten, vielleicht lag die Heilung in den schlechten?

In der Taxe dann, im Licht der vorbeiziehenden Laternen, suchte sie, in seinen Zügen, in seinen Bewegungen, forschte nach Spuren der Ähnlichkeit zu Fritz, aber es gab keine.

Er saß, wo Fritz hätte sitzen sollen, und flegelte sich, wie Fritz es nie getan hätte.

Und später, in seiner prächtigen Suite, beim ersten Licht des hereinbrechenden Tages, da tanzten sie einen langsamen Foxtrott. Die Schallplatte hatte er bei der Nacktballettgesellschaft gestohlen oder »vor den Langweilern gerettet«, wie er es nannte.

Viele Etagen unter ihnen erwachte Berlin zu einem neuen Tag voll Mühsal, Hunger und wie irr steigendem

Dollarkurs, aber ihre nackten Füße versanken tief in hochflorigem Teppich, und ihr Kopf lag an seiner haarlos gewachsten Brust.

Sie dachte nicht an Fritz und staunte darüber so sehr, dass sie lachen musste, doch er legte ihr einen Finger an die Lippen und versprach mit ernster Stimme: »Ich werde dich unglücklich machen.«

Aber da ahnte Anita bereits, dass er nicht einmal dieses Versprechen würde halten können – Sebastian Knobloch, der Mann, aus dem in jenen Tagen der Baron von Droste werden sollte.

Sommer 1925

Heiß war es geworden, eine drückende, schwülwarme Hitze war ungewohnt früh über die Republik hereingebrochen. Sie ließ – angeblich – den Teer der Avus blasenschlagend schmelzen und bescherte – faktisch gesichert – den Freibädern und Gartenwirtschaften Rekordumsätze.

Das mit der Avus hielt Otto für eine Zeitungsente, aber es war nicht zu leugnen, dass die Kerze in seinem Atelierfenster die Konsistenz von Salzteig angenommen hatte.

Etwas Kühles zum Trinken wäre schön gewesen, schräg gegenüber gab es seit Kurzem einen Limonadenverkauf. Gegen Nachmittag würde er sich Nelly schnappen und ihr ein Glas Himbeere eisgekühlt spendieren. Er hatte das schon bei den anderen Kindern beobachtet, die quietschende Freude und die glückliche Überraschung angesichts des ungewohnten Strohhalms, durch den man das hellrosane, gefährlich schäumende Gebräu nun trinken sollte. Er selbst würde Orange nehmen, oder besser noch Limette, da konnte er sich zu Hause einen Schuss Gin reingeben, köstlich!

Der Gin hätte seinen Nerven jetzt auch nicht geschadet.

Mit dem Handrücken wischte er sich den Schweiß von der Stirn und lauschte den sich nähernden Schritten. Wenn sie pünktlich kam, dann musste sie es sein.

Mutzli hatte den Anruf tatsächlich übernommen, ganz ohne nachzufragen, mit derselben stummen Selbstverständlichkeit, mit der sie seine Arzttermine organisierte und die Finanzen im Auge behielt.

Sein Mutzli konnte einfach alles: tapezieren und auf Französisch parlieren, Charleston tanzen und beim Metzger um Aufschub bitten. Wenn es sein musste, ersetzte sie drei Hausmädchen und die kranke Köchin und saß keine zehn Minuten später doch ganz Dame bei Tisch. Ein Glückspilz war er. Das durfte er nicht vergessen, und das würde er auch nicht vergessen. Er war schließlich kein Idiot.

Das mit dem Anruf hätte er schon selbst geschafft, zumal das Mutzli sehr angenehm überrascht gewesen war, wie reizend und zugänglich sich die Dämonin am Telefon gezeigt hatte. Auch bei der Terminfindung war sie entgegenkommend gewesen, sah nicht einmal ein Problem darin, für die Sitzungen noch einmal nach Düsseldorf zu reisen. Die Einquartierung im Hause Dix hatte sie – zu Ottos Erleichterung – dankend abgelehnt, auch zum Essen wollte sie höchstens einmal eingeladen werden, ansonsten bat sie um »bloß keine Umstände«. »Mit Ihrem kleinen Mädchen, da haben Sie bestimmt schon genug zu tun.«

Damit hatte sie das Mutzli natürlich gehabt. Dies war mehr eine pflichtbewusste denn eine begeisterte Mutter, und wenn man die mit Kindern verbundene Arbeit anerkannte, war es immer ganz bezuckert.

Die Schritte im Flur waren verstummt, sie hatten also wohl doch nicht zur Berber gehört? Außerdem waren das zwei Läufer gewesen. Und überhaupt, die Berber und pünktlich, das hätte Otto eh nicht recht glauben wollen. Aber dann hörte er ein Klopfen, ein sehr amtliches, und als er »Herein« rief, trat zunächst ein Mann ein. Kein richtiger Mann, mehr ein gerade großjährig gewordener Bengel mit noch ganz flaumigen, runden Wangen, die Zigarette in der Hand wie ein vom Vater gemopstes Accessoire und ihm folgend: Frau Berber. Denn sie war es und war es doch nicht. Diese Gestalt in der Tür zu seinem Atelier, das war weder die nackte Göttin der Bühne noch das reizende, leicht verwirrte

Schulmädchen ihrer ersten Begegnung. Das war eine Dame der Gesellschaft.

Das Flammenhaar frisch und von kundigen Händen in Wellen gelegt, das schöne Gesicht dezent gerichtet und halb unter einer duftigen Strohglocke verborgen, und ansonsten in einen fliederfarbenen Nachmittagsdress gehaucht. Er wusste genau, wie die Seide des Kleides bei jedem ihrer Schritte raschelte, und er ahnte den pudrig trockenen Geruch des Stoffes. Ein Geruch so rein wie die nackten und auf Glanz polierten Nägel seines Gastes.

»Herr Dix? Ich darf vorstellen, mein Gatte, Herr Châtin-Hofmann. Er wollte Sie unbedingt kennenlernen«, erklärte die Dame und lächelte dabei höflich, worauf der Ehemann ihm wie ein gut erzogenes Kind das Händchen reichte. Überraschend fest war der Druck, Otto hätte mehr auf nasser Waschlappen getippt, und trotzdem freute es ihn auf seltsame Weise, dass dieses Bürschchen Ehemann Nummer 3 sein sollte. Nicht, dass es für ihn von irgendeinem Interesse gewesen wäre, mit wem die Berber verheiratet war, aber er war doch seltsam erleichtert. Er hatte gedacht, der elegante, grau melierte Raubvogel, der nach der Wiesbadener Aufführung so hinter die Bühne geeilt war, sei der Aktuelle gewesen. Das war wenigstens ein Mann, ein Kerl mit Schmiss und Kriegserfahrung, bei dem hätte Otto sich fast vorstellen können, dass er diesem sündschönen Flattervogel gewachsen wäre.

Und dann machte das Büblein auch noch den Mund auf: »Sehr erfreut, Herr Dix!«

Ein Amerikaner! Fast nach Lachen war Otto da. Welche Laune hatte sie nur zu dieser Ehe bewogen?

Mitleid? Man brauchte kein großer Menschenkenner zu sein, um zu sehen, wie rettungslos der Junge in seine Ehefrau verliebt war. Mit dem Blick eines treuen, doch wachsamen Hundes beobachtete er jede ihrer Bewegungen, nahm eilfertig ihre Tasche und das Sonnenschirmchen, stand dann da wie ein drittklassiger Gepäckboy, auf Anweisung wartend.

»Henri wollte unbedingt Ihr Atelier sehen«, erklärte die Berber, und ihr Ton schwankte zwischen stolzer Mutter eines sagenhaft wissbegierigen Sohnes und entschuldigender Ehefrau, die von der leicht peinlichen Briefmarkenbegeisterung ihres Gatten sprach. »Hast du alles gesehen, Spatz?«

Nichts konnte er gesehen haben, nur die leere Leinwand und eine große Menge bemalter, aber rückseitig gekehrter. Dazu ein ziemliches Durcheinander aus Farbtuben und vollen Aschenbechern. Das Bild vom Mutzli mit Hut über dem zersessenen Sessel vielleicht noch? Aber das Bürschchen nickte artig und fragte: »Wann darf ich dich wieder abholen?«

»Wie lange wird es heute dauern, was meinen Sie, Herr Dix?«

So etwas hasste er, er war doch kein Bandarbeiter, der für jeden in den Blecheimer zu steckenden Bügel genau dieselbe Zeit benötigte. Was glaubte der, was Otto hier machte?

Wenn er etwas noch mehr hasste als kleine, verweichlichte Bengel, dann waren es eifersüchtige Ehemänner. Was bildete der sich überhaupt ein? Für wen hielt er ihn?

Er war im Krieg gewesen, er hatte im Trommelfeuer gelegen und war durch Gräben voll mit toten Kameraden gerobbt. Er hatte das Blut von Freunden im Gesicht gehabt und oft morgens nicht gewusst, ob er den Abend noch erlebte. Seinen Bildern war der Prozess gemacht worden, er hatte für seine Kunst gehungert – und dieser kleine Bengel bildete sich ein, er würde sich nach ihm und seinem Zeitplan richten? Dieser niedliche kleine, halb begabte Tänzer, der auf der Bühne um eine tote Kanarie schluchzte und vor grölendem Publikum seine alte Erbtante tottanzte?

Wahrscheinlich würde er noch zu früh erscheinen, nur um zu kontrollieren, dass Otto sein kleines Frauchen auch mit nichts als professionellem Interesse betrachtete. Dabei war er doch glücklich verheiratet, Vater einer bezaubernden Tochter. Vermutlich konnte sich dieser Kerl einfach nicht vorstellen, dass irgendein Mann nicht mit der Dämonin ins Bett wollte.

Sich zur Ruhe gemahnend, entgegnete Otto mit zuckriger Stimme: »Ich kann nicht sagen, wie lange es dauert. Ich werde Ihnen Ihre Gattin unbeschadet in Ihr Hotel bringen. Wenn ich für heute fertig bin und keine Sekunde früher. Aber nun muss ich Sie bitten zu gehen, sonst wird es noch später.«

Mit diesen Worten schloss er demonstrativ die Tür, und erst da bemerkte er das leise Gelächter. Sie lachte ihn aus.

Den Hut in der Hand, stand sie mitten im Zimmer und lachte laut heraus. Das war wieder das Schulmädchen, nicht länger die Dame und auch gewiss nicht die Sündengöttin.

»Sie sind der eifersüchtigste Mann, der mir je untergekommen ist«, prustete sie und wischte sich mit den Fäusten die Tränen aus den Augenwinkeln. »Henri hat Ihnen doch nichts getan. Er versteht nichts von Malerei, aber er hat es sicherlich nicht böse gemeint. Sie müssen sich unbedingt bei ihm entschuldigen, laufen Sie ihm nach, los!«

»Ich lauf dem doch nicht nach und entschuldige mich.« Trotzig schüttelte Otto den Kopf. »Ich war vollkommen höflich, für was soll ich mich da entschuldigen?«

»Dafür, dass Sie ihn verachten.« Die grünen Augen waren fest auf ihn gerichtet, ein Reptilienblick ohne jedes Blinzeln. Ein Blick hinein in sein Innerstes. »Und bei mir können Sie sich auch entschuldigen. Bevor Sie fragen: Sie haben über mich gesprochen, als sei ich ein Paket, das es an den Postschalter zu bringen gilt. Aber nun laufen Sie, sonst ist Henri schon weg. Los, Soldat! Sprung auf!«

Er ging, türknallend und maulig wie ein von der Mutter zu Unrecht bestraftes Kind. Anita schüttelte einige Male den Kopf, dann nahm sie ihr elegantes Täschchen und suchte nach den Zigaretten. Sie wühlte mit Verve, denn das Chaos darin war grenzenlos und ein letztes Rückzugsgefecht der Berber, ein heimliches Aufbegehren gegen die neuerdings so damenhafte Erscheinung ihrer Hülle.

Und als sie die Tabatiere schließlich fand, ganz unten, unter einer ramponierten Schachtel Präservative und einem dreckigen Puderpinsel, da weigerte sich die Berber, die Zigarette in die Elfenbeinspitze zu klopfen, so weit kam's noch! Nachher, wenn der Maler wieder da war, dann vielleicht, aber jetzt nicht!

Und genüsslich atmete sie den Rauch ein, hielt ihn lang in der Lunge. Ihr einziges Laster, seit dem Gespräch mit diesem Herrn Morgenstern. Oder fast ihr einziges.

Susi lobte sie nun oft, auch weil sie kein Kokain mehr nahm oder zumindest nur noch ganz selten, und auch das nur, weil sie den Geschmack von Kaffee wirklich nicht leiden konnte, und irgendwie musste man ja wach bleiben.

Susi war mächtig stolz auf sie. Deren Verrat schmerzte sie fast am schlimmsten. Wie konnte sie ihr das nur antun?

Es kann ja sein, dass Sie persönlich an Ihre Kunst glauben, aber das Publikum zahlt nicht, um Ihre Interpretation einer Frau in Trauer zu sehen. Das Publikum will nackte Brüste. Und die Ihren haben alle Interessierten inzwischen gesehen. Sie müssen etwas Neues bieten. Und ich werde Ihnen sagen, was.

Anita rauchte und betrachtete nachdenklich die nackte Leinwand, auf der ihr Bildnis entstehen sollte.

Blendend weiß und leer, alles war möglich, und doch waren alle Wege schon versperrt.

Eine neue Berber wollte der Morgenstern dem Publikum verkaufen, eine neue Berber für die neue Zeit.

Ganz Dame war sie geworden, statt Schwarz und Rot trug sie nun Weiß und Flieder, statt der Smokinghosen à la Berber allerhöchstens Knickerbockers, aber ausschließlich auf dem Land und mit hellen Strümpfen.

An der Wand hing das Bild einer blassen Frau, im schwarzen Schulterfreien und mit rotem Hut, also damit wäre der Morgenstern bestimmt nicht einverstanden. Ob das die Ehefrau war, mit der sie telefoniert hatte? Könnte gut sein, die Stimme würde passen, ein bisschen rau, aber nicht absichtlich und nicht aus modischen Gründen.

Nicht unsympathisch war die ihr gewesen, und wäre Anita Frau Leopold geworden, dann hätten sie sich bestimmt viel zu erzählen gewusst – über Kinder und wie man es als Frau schaffte, trotzdem nicht nur Mutter, sondern auch noch kultivierter Mensch zu sein. Eine intelligente Frau, eine denkende Frau und doch vielleicht ein bisschen dumm, ihren Mann mit der Berber allein zu lassen. So viel Vertrauen, das war doch wirklich Blödheit! So was hätte Frau Leopold nie getan, und doch hatte

Anita ihren Fritz nicht halten können, hatte ihn verloren an einen viel grausameren und manchmal doch so verlockenden Liebhaber.

Noch dieses eine Bild, dann würde sie sich selbst ihm in die Arme werfen.

Dieser Morgenstern hatte ihr die Augen geöffnet für das, was sie eh schon wusste: Die Zeiten der Berber waren vorbei, die Zeiten ihrer Kunst waren vergangen, all ihre getanzte Inbrunst, ihre Leidenschaft, ihre Bewegung gewordenen Träume und Ängste, all das war vorbei und interessierte niemanden mehr.

Sie war nichts, nichts als eine peinliche, leicht unangenehme Erinnerung an die Inflationszeit. Wer heute spärlich bekleidet tanzte, der tat es im Gleichschritt oder in Baumwolle und zum Zwecke der Leibesertüchtigung, die Zukunft gehörte den Massen und dem Sport. Die kranke Seele einer gebrochenen Frau, die wollte man lieber gar nicht sehen, lieber vergessen, wie den verlorenen Krieg und die grausamen Tage des Inflationsjahres 23. Die Gegenwart gehörte den Gesunden, denen mit dem schlechten Gedächtnis. Aber Geld ließ sich noch immer verdienen, nackte Brüste und schöne Schenkel kamen niemals aus der Mode.

Das Publikum wird Sie wieder lieben und vergöttern. Vor

dem Hintergrund Ihres alten Ruhmes bieten wir den Massen erotische Tänze. Wir nennen es natürlich orientalische Tänze, alles andere wäre zu offensichtlich, und eines verspreche ich Ihnen, Sie werden überhaupt nichts Offensichtliches mehr tun. Sie sind von nun an eine Dame. Sie hatten genug Skandale, um jeden Tanztee zu einer erotischen Sensation zu machen. Wir können sagen, Sie hätten die Tänze bei einer Ihrer Tourneen durch den Osten gelernt? Beispielsweise in Budapest?

Wie konnte Susi sie nur so verraten?

Orientalische Tänze also – ein bisschen Weihrauch, ein bisschen Bronzepuder statt des Kalks, und schon ist sie wieder vorne mit dabei. Dazu flatternde, alles verhüllende Tücher, wie zu Anfang ihrer Karriere. Nur dass es damals der Zensur geschuldet war, jetzt den zu bezahlenden Rechnungen.

Sie war keine Geschäftsfrau, sie war Künstlerin. Das Finanzielle, das hatte sie immer Susi überlassen – vielleicht durfte sie ihr deshalb auch nicht böse sein? Geld war Geld, und Susi sah die Rechnungen.

Aber es war so würdelos. Jetzt sollte sie also tatsächlich nur noch ihren nackten, bronzebepuderten Leib verkaufen, jetzt sollte sie endgültig von der geifernden Erregung des Publikums leben? Und dabei noch geizig ihr Kapital in flatternde Seidentücher wickeln?

Manchmal musste man eben realistisch sein. Manchmal musste man der Wirklichkeit ins hässliche Gesicht sehen. Und dann, dann lächelte er einen an, der grausame, der so verführerische Liebhaber Tod.

Vorgestern, da hatte sie Doktor Klappers Küche übernommen und auf seiner Dachterrasse ein großes Bankett im mediterranen Stil veranstaltet. Nur ihre liebsten Freunde hatte sie eingeladen, Susi mit Frau, Henri und natürlich den eigentlichen Hausherrn selbst.

Den ganzen Tag hatte sie schwitzend am Herd gestanden, hatte gesotten, gekocht und gebraten, hatte sich selig an die Zeit an der Hauswirtschaftsschule erinnert, hatte sich auf ihre Gäste gefreut. Und die Freude war kribbelnd und echt gewesen. Das Gespräch, das Angebot dieses Morgenstern, hatte alles verändert.

Es hatte diesen Moment gegeben, es war schon dunkel gewesen, die langstieligen Kerzen bereits heruntergebrannt, der Himmel jedoch vom künstlichen Licht Berlins noch grau. Das Grammophon hatte *Mood Indigo* gespielt, und Doktor Klapper hatte ihnen allen noch einmal Champagner nachgeschenkt, dabei über Odysseus' Irrfahrten gesprochen, sehr schnell und sehr eindringlich, wie er es immer tat, wenn er ziemlich betrunken war. Henri hatte nach ihrer Hand gegriffen, und sie hatte ihm zugelächelt – nicht zynisch, nicht boshaft amüsiert, einfach nur sanft. Und ein wenig traurig.

Es war das gleiche Lächeln, das Fritz bei ihrer letzten Begegnung gehabt hatte – damals, als er es schon wusste, aber sich doch nicht traute, es ihr ins Gesicht zu sagen.

Selbst das nahm sie ihm nun nicht mehr übel. Wenn sie noch einmal von ihm träumen würde, wenn sie noch einmal für einige Augenblicke lang Frau Leopold sein dürfte, dann würde sie ihm sagen, dass sie ihn nun verstand. Sie war ja selbst nicht besser. Manche Entschlüsse musste man mit sich selbst ausmachen.

Diesmal würde Doktor Klapper ihr nicht die Tour vermasseln, diesmal würde alles gelingen.

Sie würde auf Nummer sicher gehen, keine Überdosis und auch keine aufgeschnittenen Pulsadern. Alles viel zu riskant, da wurde man bloß gefunden, und dann fiel am Ende noch die Presse über einen her. Nein, sie würde es machen wie Fritz.

Eine Kugel in den Kopf und aus.

Einen Abschiedsbrief würde sie nicht schreiben, sie hatte keine Lust, irgendwem irgendetwas zu erklären. Warum auch? Was gab es schon zu sagen?

Wer zurückblieb, war immer der Verlierer.

Noch dieses Bild von diesem Maler, und dann, dann hatte sie es hinter sich. Exit, die Berber.

Sollte Gott doch sein Scheißgeschenk wiederhaben, sie hatte lange genug aus Höflichkeit Interesse daran geheuchelt.

Wäre sie nicht so gut erzogen, sie hätte ihm seinen Dreck schon damals in Budapest vor die Füße geknallt. Oder spätestens auf dem Bahnhof, als er ihr auch noch Fritz' Kind nahm, während sie blutend zwischen der schubsenden, über sie hinwegdrängelnden Masse zusammenbrach. Wäre da nicht diese Offiziersgattin gewesen, die sie gepackt und mitgeschleift hatte, die Menge wäre über sie hinweggewalzt, hätte sie totgetrampelt.

Das hätte ihr viel erspart, aber jetzt war es wirklich genug.

Sie würde nicht ein paar Monate zur Leberpflege an die Ostsee fahren, sie würde nicht gesund und erholt von dort zurückkommen, und niemals, wirklich niemals würde sie in Nachtlokalen *sinnliche orientalische Tänze* aufführen!

Mochte sein, dass sie schon für Geld mit Männern geschlafen hatte, mochte sein – aber ihre Seele hatte sie noch nie verkauft, und das würde sie auch jetzt nicht tun.

Eigentlich freute sie sich fast, gar nicht mehr lange, bis sie Fritz wiedersah. Ob sein Gesicht dann wieder heil war? Und er beide Arme haben würde?

Eigentlich war es ihr egal, es interessierte sie nur aus abstrakter Neugier – sie hatte nicht gelogen, als sie sagte, die Entstellungen seien ihr gleich. Er hatte es nicht geglaubt, und doch war es die Wahrheit. Wenn er ihr nur geglaubt, wenn sie nur mehr insistiert hätte. Wieder all die alten, zerkauten, zermalmten Wenn.

Und wenn sie ihm gesagt hätte, dass sie schwanger war? Aber das konnte sie doch nicht, weil sie es nicht sicher wusste. So abgemagert, wie sie damals war, kein Mädchen hatte da noch eine regelmäßige Blutung. Und sie wollte ihm keine falschen Hoffnungen machen. Sie hatte befürchtet, die etwaige Enttäuschung könnte zu viel sein. Sie hatte doch gewusst, wie verzweifelt er war. Falsche Hoffnung oder gar keine?

Sie hätte nun bald Gelegenheit, mit ihm darüber zu sprechen – nicht mehr nur einige Stunden lang im von Drogen vernebelten Rausch, sondern für immer.

Nur noch dieses Bild.

Und plötzlich musste sie lächeln, gerade in dem Moment, als der Maler die Tür öffnete, verschwitzt und rot im Gesicht. Er tat ihr ein bisschen leid, Henri konnte grauenhafte Nervensäge sein, dazu die Hitze. Vielleicht sollte sie zum Ausgleich mit ihm schlafen?

Einmal, vor Jahren schon, da hatte sie zu irgendeinem Journalisten gesagt, Sex sei ihre Religion, da war sie mal wieder auf Krawall gebürstet gewesen. Wenn überhaupt irgendetwas, dann war Sex Nächstenliebe.

Dass Männer so ein großes Ding daraus machten, das würde sie nie verstehen. Dabei war das doch die normalste und natürlichste Sache der Welt. Um den täglichen Klogang machte doch auch keiner so einen Terz.

Selbst der Baron von Droste, was der sich auf seine Künste im Schlafzimmer so alles eingebildet hatte. Allerdings, das musste sie ihm zugutehalten, war er wirklich der beste Liebhaber von allen – zumindest, wenn er nicht gerade zu viel getrunken, gespritzt oder geraucht hatte. Und ein bisschen lächerlich war er dabei schon auch gewesen, immer diese ganz große Nummer und ständig was Neues – von vorne, von hinten, von oben und an den Armen aufgehängt. Da musste sie fast kichern, so albern fand sie das.

Der Liebste war ihr Fritz gewesen, der konnte zwar bei genauerer Betrachtung nicht mehr oder weniger als der Rest, aber den hatte sie gerngehabt, und das war am Ende vielleicht das Wichtigste an der Sache?

»Ich habe mich in aller Form entschuldigt. Dass ich nicht vor ihm auf die Knie gegangen bin, war alles«, riss der Maler sie aus ihren Grübeleien. Seine hübschen Haare klebten ihm feucht in der Stirn, und er blickte grimmig. »Und jetzt haben wir genug Zeit vergeudet. Ich möchte anfangen.«

Mit seinen überraschend proletarisch kurzen Fingern deutete er in Richtung eines geblümten Umkleidevorhangs, der in einer Ecke traurig und schlaff herunterhing.

»Sie haben es ja am Telefon mit meiner Gattin besprochen.« Sehr förmlich klang er jetzt, und wieder war Anita nach Kichern. Warum nahm dieses drollige Geschlecht immer alles so ernst? Wozu der putzige Vorhang, wie in einem drittklassigen Kaufhaus!

Sie war nackt aufgetreten vor Kriminellen und Polizisten, vor Kunstkritikern und Kegelvereinen, vor Familienvätern und Schwulen und schwulen Familienvätern, vor Oberprimanern und Studenten, vor Strichern und Junggesellen, vor Alten und vor Jungen, vor Geifernden und sich Ereifernden, vor Geilen und Impotenten und vor solchen mit Kriegsverletzung. Vor Sälen brechend voll mit mal johlendem, mal andächtigem, mal schnaufendem, mal staunendem Publikum war sie unbekleidet aufgetreten, und nun sollte sie sich hinter einem geblümten Vorhängchen umziehen? Regelrecht unanständig kam ihr das vor.

Nicht einmal bei den Bildern für »Der Junggeselle« gab es das. Selbst bei der alten, biederen Charlotte Berend hatte niemand so etwas von ihr verlangt. Dabei waren deren Arbeiten wirklich blöder Schweinkram. Da hatte sie sich immer gefragt, ob die das vielleicht zum privaten Gebrauch mit ihrem uralten Gatten wollte, dass der auch noch mal einen hochbekam.

Mit einem letzten Kopfschütteln reichte sie ihm ihre halb gerauchte Zigarette, legte den Hut ab, begann ihr Kleid aufzuknöpfen. Sie zog das Hemdchen aus, öffnete das Bustier, die Schnallen der Schuhe, rollte die seidenen Strümpfe ihre Beine hinab, entledigte sich des Höschens, stieg schließlich mit einem mädchenhaften kleinen Hopser aus dem Stoffhaufen, und in das blass gewordene Gesicht des Malers hinein lachte sie: »Los, machen Sie mich unsterblich, Herr Dix.«

Modellstehen war öde. Es war vermutlich die langweiligste Tätigkeit, die ein Mensch ausüben konnte, selbst

Briefe stempeln oder im Akkord Haken biegen war vermutlich spannender, da tat man wenigstens überhaupt etwas. Als Modell stand man nur da, und wenn es einen in der Nase juckte, hieß es: »Ruhig! Und keine Grimassen!«

Komisch verdrehen sollte man sich außerdem, dabei war das ganz egal, wie man die Beine hatte, wenn der doch gerade am Gesicht arbeitete. Das war genau anders als beim Film. Da musste sie grinsen, und der wild mit Pastell skizzierende Maler sah sie böse an: »Was soll das Gefeixe?«

Jetzt musste sie noch ärger grinsen, aber sie verbannte das Lachen in ihr Herz. Männer nahmen immer alles so wichtig – und vor allem mussten sie immer bestimmen, was wichtig zu nehmen war und was nicht. Der Regisseur Fritz Lang, der war ein herrliches Beispiel dafür und im Übrigen auch der Grund für ihre Heiterkeit.

Dabei hatte sie sich damals schrecklich geärgert. Als Cara Carozza – den weiblichen Lockvogel des gewissenlosen Dr. Mabuse – hatte man sie besetzt, und gleich in der ersten Szene sollte Cara in schwarzer Seide aufreizend tanzen. Auf einer Bühne des Folies Bergère und auf zwei Monsternasen aus Pappmaché, sehr symbolisch, wenn man so darüber nachdachte. Es war eigentlich keine schwierige Szene, und es hätte auch alles geklappt, wenn der sonst so verschwendungssüchtige Lang nicht plötzlich das Knausern bekommen hätte. Cara Carozza sollte nämlich einfach dieselben Schuhe wie in der folgenden Szene im Spielcasino tragen. Braune Wildlederpumps zu einem schwarzen Seidenhängerchen! Weil man die Farbe der Schuhe sowieso nicht auf der Leinwand sah!

Sie hatte sich rundheraus geweigert. Natürlich war Cara Carozza eine höchst alberne, kleine Rolle, aber Anita hatte genau gespürt, welche Verachtung für sie sich hinter den Schuhen verbarg. *Sie könnten Ihre läppischen Tanzschritte genauso gut in Knobelbechern vollführen, es schaut doch sowieso niemand auf Ihre Füße!*

Sie hatte sich schließlich gebeugt, aber wann immer sie an einem Filmplakat für *Dr. Mabuse, der Spieler* vorbeigekommen war, hatte sie die Schuhe mit rotem Lippenstift durchgestrichen. Das half ein bisschen, aber sie hatte sich trotzdem furchtbar gefühlt. Damals, da hatte sie noch geglaubt, irgendwann werde die Welt sie verstehen. Wenn sie sich nur genug Mühe gäbe, würde man irgendwann schon erkennen, dass sie nicht nur einer von hunderttausend Nacktfröschen war, sondern wirklich eine Künstlerin, ein denkender Geist in einem unbekleideten Körper. Damals hatte sie zwar auch schon keinen Fritz mehr gehabt, aber zumindest den Glauben an ihr Talent.

»Nicht so verbissen. Wie soll ich Ihren Gesichtsausdruck einfangen, wenn Sie alle drei Sekunden anders dreinsehen? Und nicht so zappeln.«

Eigentlich war die Malerei doch sowieso überholt. Der moderne Mensch, der fotografierte. Das ging schnell und machte Spaß.

Außerdem war bei so einer fotografischen Sitzung immer mächtig Gewusel und Gelärm. Da gab es Beleuchter und Kulissenschieber und den Fotografen samt mindestens drei Gehilfen. Die Gehilfen waren meistens nicht so begabt wie der Fotograf selbst, aber dafür auf sehr künstlerische Weise melancholisch und hübsch.

Dann gab es Dienstmädchen, das Kleiderfräulein und das allgewaltige Schminkfräulein, und wenn es ein wirklich großes Atelier war, dann verfügte auch das noch mal über eine ganze Riege von fleißigen Händen, die Pinsel und Niveacreme reichten, auf Befehl Puder vom Block schabten und dem Fotografen bei der Arbeit die Zigarette hielten.

Ein gutes Schminkfräulein machte aus einem ein abscheuliches Monster mit dunkelgrün bemalten Wangen und schwarzblauen Lippen, denn das sah nachher auf dem Schwarz-Weiß-Abzug am besten aus.

Ein gutes Schminkfräulein hatte außerdem immer ein Täschchen voll mit weißen Pudern für die Nerven dabei. Und an diesen beiden Faktoren erkannte man die Qualitäten eines Fotografen vielleicht am ehesten: an der Qualität seines Schminkfräuleins und an der seines Kokains.

Die Fotografen des Atelier Eberth hatten ihr Handwerk verstanden, auch wenn ihr da einer der Beleuchter mal mit einer Blendlaterne zwischen den Knien gehockt hatte, weil so und nur so die Schatten richtig fielen. Und die Fotografen der »Dame« waren auf ihre biedere Art gleichfalls sehr gut gewesen – doch alles kein Vergleich zur göttlichen Madame d'Ora!

Das Fotostudio d'Ora im ersten Wiener Bezirk – wer dort nicht fotografiert wurde, wusste nicht, was es bedeutete, Modell zu stehen. An den Wänden all die Großen Wiens: Klimt und Schnitzler, Seite an Seite mit der Pawlowa und Alma Mahler-Werfel und im Zentrum die Berber, barbrüstig auf dem Höhepunkt ihrer sündigen Schönheit, halb hinter einem Samtvorhang verborgen, halb aufgeschnürt in der Korsage ihres Lieblingstanzes *Kokain*.

Was für eine Aufnahme! Sie war ziemlich stolz auf das Bild.

Schneidend kalt war es gewesen, die Scheiben des Ateliers froren zu Beginn immer wieder zu, trotz des beständig neu mit Kohle befüllten Ofens. Sie und der Baron hatten als neustes Zeichen ihrer Liebe identische Zobelpelze getragen, mit grünem Rohseidefutter und am Saum mit lila Samt ausgeschlagen.

Ihre Schenkel waren wund, jeder Schritt eine Qual, und im Gesicht des Barons leuchtete noch brandrot der Abdruck ihrer Hand. Sie hatten in der Taxe gestritten, warum, wussten sie schon auf der Türschwelle nicht mehr, aber es war auch egal. Jetzt, in der neusachlichen Nüchternheit des Ateliers, waren sie verrückt nacheinander. Rasend vor Eifersucht, hatte sie dem Schminkfräulein verboten, die Augen des Barons mit schwarzem Kajal nachzuziehen, und mit großer Zärtlichkeit hatten sie sich gegenseitig die Gesichter gerichtet, dabei immer wieder innegehalten, um sich andächtig die Fingerspitzen, die Lider zu küssen.

Und dann, dann hatte jemand eine Platte aufgelegt, und sie hatten getanzt, ihre gemeinsam entworfenen

Tänze des Lasters, des Grauens und der Ekstase aufgeführt, während Madame d'Ora einfach draufhielt. Wie besessen knipste sie, rannte herum, brüllte die Assistenten an, knipste weiter.

Zuerst *Das Irrenhaus:* der Baron in einem grellen Seidengewand, das Gesicht zu einer teuflischen Fratze geschminkt, sie würgend, schüttelnd und schließlich von sich stoßend. Dann in *Die Nacht der Borigias* sie erneut an sich ziehend, halb vor Gier und Mordlust verschlingend, nur um sie schließlich in *Selbstmord* gleich einem tröstenden Beichtvater in die Arme zu nehmen und fortzutragen.

Dabei hatte es draußen immer weiter und weiter geschneit, dienstbare Hände hatten ihnen warmen Kognak, Grog und Opiumzigaretten gebracht, bis die Luft so von Rauch gesättigt war, dass es unerträglich wurde und sie selbst die Fenster aufriss, eines nach dem anderen. Einen Moment überrascht und erschrocken, hatte sie in den hereinwirbelnden Flocken ausgeharrt, dann hatte sie den Schnee von der Fensterbank gewischt, eine Kugel daraus geformt und den Ball aus vollem Herzen lachend nach dem Baron geschleudert.

Später, als es schon dunkel gewesen war, waren sie alle gemeinsam hinausgegangen, waren im Schnee herumgetollt, hatten dabei Grog getrunken, so glühend heiß, dass ihre Zunge sich mit schmerzenden Blasen überzog und ihr Gaumen noch Tage später brannte. Gemeinsam hatten sie *O Tannenbaum* gesungen und sich lachend Weihnachtswünsche überlegt, und irgendwann, da war ihr aufgefallen, dass der Baron fehlte, und einer der Beleuchter, der fehlte auch.

Da waren sie fünf Wochen verheiratet gewesen.

Sie hatte sich übergeben müssen, und dann hatte sie weiter getrunken, hatte noch ein bisschen im Schnee getanzt, und dann, es mochte Minuten oder Stunden später gewesen sein, war der Baron auch wieder da gewesen. Als sie zurück in ihrer Hotelsuite waren, er ihre gemeinsame Morphiumspritze für die ungestörte Nachtruhe aufzog, da hatte er ganz leise gesagt: »Ich glaube, ich habe mich in dich verliebt. Verlass mich nicht.«

Vielleicht war es ja doch Liebe gewesen? Sie und Sebastian Knobloch, selbst ernannter Baron von Droste? Eine kaputte, zerstörerische Liebe, eine Liebe 1923?

»Nein, nein, nein. So geht das nicht!« Otto funkelte sie böse an, bestimmte dann: »Anziehen. Für jetzt ist Schluss. So wird das nichts. Es ist zu heiß, ich kann mich nicht konzentrieren.« Und wütend zerknüllte er das Skizzenpapier, kickte den Klumpen in die Ecke.

Vor Zorn glänzten seine Augen feucht, und um den Mund hatte er plötzlich so einen bestimmten Zug.

Anita sog scharf die Luft ein. Sie kannte diesen Zug, diese Linie am Mundwinkel, von sich selbst, von früher.

Hier malte nicht ein Mann eine Frau, hier kämpfte ein Mensch ums Überleben. Jedes fertige Bild ein trotziger Triumph gegen den Wahnsinn, die Sinnlosigkeit und den Tod, ein kleiner Sieg über den Krieg und über die Bestie Mensch. Jedes Scheitern aber war grenzenlos, brutal und schmerzhaft.

Sie wusste, wie er sich fühlte. Sie kannte die in den Adern siedende Wut, das pulsierende Rot vor den Augen. Es war dieses Rot, das sie manchmal dazu getrieben hatte, die Lacher im Publikum mit Flaschen anzugreifen, ihnen die dreiste Dummheit aus dem hohlen Schädel prügeln zu wollen.

Seine Verzweiflung angesichts des missglückten Versuchs rührte sie, am liebsten wollte sie ihm mit der Hand über die schwitzig glänzende Wange streichen, seinen Kopf mit mütterlicher Zärtlichkeit an ihre Brust pressen, ihm versichern, dass alles gut werden würde, er würde es schaffen, auch diesmal wieder. Nur nicht aufgeben, wer aufgab, hatte verloren.

Und mit ganz sanfter Stimme schlug Anita vor: »Kommen Sie, ich lade Sie zu einer kalten Limonade bei dem Büdchen da unten ein. Das wird Ihnen guttun, und danach, danach wird es klappen. Da bin ich sicher.«

Dem Büdchenbesitzer fehlten ein Bein und alle Zähne, wobei er auf deren künstlichen, schneeweißen Ersatz sehr stolz zu sein schien, denn sein Lächeln war breit und häufig.

Und bei Anitas Anblick wurde es sogar noch ein bisschen mehr von allem. Er beriet die »gnädige Frau« mit reichlich »Habe die Ehre«, mit reichlich Armgeschwenke, und bei der Vielzahl seiner scharfen Anweisungen konnte man meinen, er kommandiere über ein ganzes Heer von Küchenjungen, Köchen, Kellnern und nicht nur über zwei vielleicht zwölfjährige Buben, die sowieso immer das Gleiche taten. Der eine schnitt die Orangen, der andere steckte die Hälften in eine glitzernde Presse und drückte einen Hebel runter.

So schwer war das eigentlich nicht, doch der Maestro ließ die beiden unwürdigen Diener während der Zubereitung von Anitas Orangenlimonade nicht aus den

Augen, übernahm es schließlich höchstselbst, Zucker (reichlich), Soda (sehr reichlich) sowie Eis (überreichlich) hinzuzugeben.

Statt des üblichen Marmeladenglases – 10 Pfennig bei Rückgabe – bekam sie ein Fläschchen, dessen praktischen Schraubverschluss ihr der auch technisch sehr versierte Budenbesitzer gleich mehrfach erklärte.

Er hätte der schönen Dame bestimmt noch vieles mehr zu erklären gewusst, doch inzwischen hatte der für das Schneiden zuständige Junge auch Ottos Limonade fertiggestellt, und Anita zückte ihr winziges, weiß umhäkeltes Portemonnaie, was der Büdchenbesitzer mit gemischten Gefühlen aufzunehmen schien. Dass diese elegante Dame für sich und diesen Clochard in farbbespritzen Hemdsärmeln zahlte, das konnte ja eigentlich nur bedeuten, dass sie keinesfalls die Geliebte war.

Vermutlich also eine reiche, mitfühlende Verwandte, und ganz bezaubert von diesem seltenen Zusammenspiel aus Güte und Anmut, schenkte er Anita sogar noch ein Schälchen Himbeeren, ein halb volles, aber immerhin.

»Beehren Sie uns bald wieder!«, rief er dem Paar hinterher, doch er meinte nur Anita, der Besuch dieses Malers war ihm herzlich gleich.

Die Limonade war dann aber auch wirklich gut. Zuckersüß und dabei schrecklich sauer und furchtbar kalt, kurz: perfekt.

»Das nenn ich eine Orangenlimo«, erklärte Anita, kaum dass sie auf einer Bank an der Rheinuferpromenade den ersten eisigen Schluck genommen hatten. Lachend rieb sie sich über die vor Kälte bitzelnde Stelle über den Augenbrauen, und weil Otto noch immer mürrisch aus der Wäsche blickte, sagte sie mit empörter Stimme: »Ich glaube, ich krieg Hirnvereisung.«

»Was soll denn das nun wieder sein?« Er machte keine Anstalten mitzulachen, und den Strohhalm, den pikte er geradezu angeekelt in sein Einmachglas. »Hirnvereisung … nie gehört. Ist das so was Neumodisches wie eine Allergie?«

»Nein, das ist einfach, wenn einem vor Kälte der Kopf wehtut. Mein Verlobter hat das immer so genannt, er meinte, das sei die wissenschaftlich korrekte Bezeichnung dafür.« Und dann trank sie rasch zwei große Schlucke, das mit dem Verlobten war ihr nur so rausgerutscht.

Anita Berber hatte keinen Verlobten. Sie hatte Ehemänner und Liebhaber und Geliebte, aber einen Verlobten hatte sie nicht. Sie war keine alte sitzengebliebene Jungfer.

Hoffentlich hatte Otto es überhört, der war ja eh so damit beschäftigt, grimmig dreinzusehen. Gerade schienen ihn die Tauben und die etwas abseits von ihnen herumtobenden Kinder ganz besonders zu verdrießen. Leider konnte er offenbar beides, grimmig gucken und zuhören, denn er konstatierte: »Ich wusste gar nicht, dass Sie einen Verlobten hatten. Drei Ehemänner, aber keinen Verlobten.«

Anita nahm einen großen Schluck Limonade, und dann sagte sie mit fester Stimme: »Doch. Den Fritz. Friedrich Leopold hat er geheißen. Er ist aber nicht wie alle Verlobten gefallen. In den letzten Kriegstagen, da hat er was abgekriegt, und danach fehlten ihm ein Arm, ein halbes Bein und im Gesicht auch noch ziemlich viel. Ich fand das gar nicht schlimm, Hauptsache war doch, dass er lebte.«

Sie zuckte die Schultern und rührte mit ihrem Strohhalm in der plötzlich seltsam schalen Brühe herum. Zwei beieinander untergehakte Backfische schlenderten vorbei. Der eine trug einen Korb mit Schwimmzeug, der andere einen Sonnenschirm von riesenhaftem Ausmaß. Ein kleiner Hund, Rasse Schönwetterwölkchen, sprang hinter den Mädchen her.

Otto schwieg, blickte aufmerksam und schwieg weiter.

Ihr blieb nichts anderes übrig, als fortzufahren, und so sagte sie schließlich: »Ich hätte Fritz auch ganz ohne Beine und Arme zurückgenommen, mir war das egal. Ich hab mir nie viel aus gutem Aussehen gemacht – natürlich hat er mir vorher besser gefallen, aber eigentlich war es mir gleich. Ich hab ja ihn und nicht seine Beine heiraten wollen.« Sie seufzte leise. »Er hat aber schrecklich gelitten, ich weiß nicht einmal, ob es so sehr die Schmerzen waren. Ich glaube, die waren nach einer Weile gar nicht mehr so schlimm. Das Furchtbarste war, dass er seine Arbeit nicht mehr hat ausüben können. Er war Tierarzt für Pferde.«

Sie stocherte mit ihrem Strohhalm in der Limonade herum. »Er hat seine Arbeit geliebt, auch wenn das ein Knochenjob war. Und eben einer, der einen gesunden, kräftigen Mann verlangte – so versehrt, da brauchte ihn keiner mehr, und er war es müde, es weiter zu versuchen.« Sie zuckte abermals die Schultern, Otto schwieg noch immer, und so ergänzte sie leise: »Er hat sich erschossen, dafür hat ein Arm gereicht. Ich bin sicher, wenn er den Mut nicht verloren hätte, er hätte eine Arbeit gefunden. Ich hätte ihm geholfen. Ich war damals gerade in Budapest auf Tournee. Wenn ich nur da gewesen wäre, ich hätte ihm geholfen.«

Otto blickte nachdenklich einem der vorbeiziehenden Lastenschiffe hinterher, wie Kettenhunde waren die Kinder des Kapitäns an Leinen gelegt, auf dass sie beim Toben nicht ins Wasser plumpsten. Das schien ihn sehr zu interessieren, doch dann drehte er sich ruckartig zu ihr um, blickte sie an und sagte: »Für einen Mann ist es nicht unbedingt leichter, zu wissen, dass seine Frau ihm helfen würde. Wir wollen keine Hilfe. Wir hatten ja auch im Graben keine.«

Herausfordernd blitzte er sie an: *Wage es nicht, einen Frontsoldaten schwächlich oder gar hilfsbedürftig zu nennen. Wage es nicht!* Ein Mann hielt das aus, und wenn er es nicht mehr tat, dann erschoss er sich. Oder er fing an zu trinken, oder aber er malte grauenhafte Bilder von Gasmaskenfratzen, aufgeschlitzten Pferden und Krüppeln.

Vielleicht hatte Otto recht, dachte Anita. Vielleicht hatte Fritz wirklich keine Hilfe gewollt? Vielleicht hätte sie ihn gar nicht retten können, wenn sie nicht auf Tournee gegangen wäre? Vielleicht hatte auch Fritz recht, als er ihr in diesem Brief schrieb, sie habe alles noch vor sich, er aber ertrage nichts Neues mehr? Er könne nicht weitermachen und so tun, als habe er nicht gesehen, was er gesehen hatte.

»Haben Sie eine Fotografie von ihm?«, fragte Otto, und sie schüttelte langsam den Kopf. Das einzige Bild, das sie von ihm hatte, das hatte sie im Drogenrausch zerrissen und verbrannt. Nie hatte sie sich getraut, bei Fritz' Eltern um einen neuen Abzug zu bitten. Es war ihr peinlich, dass das Foto verloren war, und die Berber, mit ihren Exzessen und ihrem Gerede über Sex, die war ihr vor den braven Leuten auch peinlich gewesen.

Und plötzlich musste sie weinen.

Zum ersten Mal seit all den Jahren konnte sie weinen.

Hier auf dieser kleinen Bank im Schatten der Platanenallee, eine lauwarme Limonade in der Hand, saß sie, Anita Berber, und weinte.

Sie weinte um Fritz, den sie mehr geliebt hatte als jeden anderen Menschen, und sie weinte, weil sie ihn trotzdem nicht hatte retten können. Sie weinte, weil die Fotografie vernichtet und der Verlobungsring gestohlen und ihr gar nichts von ihm geblieben war. Sie weinte, weil sie nicht einmal mehr wirklich wusste, wie er aussah, weil sie ihn zwischen all ihren Liebhabern und Liebhaberinnen verloren hatte, und sie weinte, weil sie nie wirklich um ihn weinen durfte.

Sie weinte auch um sich selbst, um die Berber, die

doch immer nur tanzen, tanzen, tanzen wollte. Tanzen und ihre geschundene Seele zeigen, antanzen gegen diese gleichgültige Welt voller Weitermacher und Wegschauer und Befehlsausführer.

Und nun, nun wollte man sie nicht mehr auftreten lassen, wollte ihr die Bühne wegnehmen, wollte sie erotische Ästhetik aufführen lassen, und das war doch einfach nur grausam. Sie wusste so gut, wie Fritz sich gefühlt hatte, und sie wusste nun ganz sicher, dass niemand ihm hätte helfen können. Auch sie nicht.

Und dann weinte sie, weil es so guttat nach all den Jahren, weil der gefrorene Kloß in ihrer Brust in der Sommerhitze plötzlich geschmolzen war, und vielleicht auch ein bisschen, weil Otto nach ihrer Hand gegriffen hatte, ihr übers Haar fuhr und hilflos Tröstendes stammelte. Sie presste ihren Kopf an seine Schulter, die breit und warm und bald ziemlich tränenfeucht war. Er roch verschwitzt und nach Tabak und Ölfarbe und ein bisschen nach Persil. Sie wünschte, sie könnte ewig so weiterweinen, seine Hand auf ihrem Haar, auf ihrem Nacken und seine beruhigende Stimme im Ohr: »Anita, was ist denn? Was habe ich denn Falsches gesagt? Ich wollte dich nicht verletzen. Was habe ich denn Dummes getan? Anita, sag doch, was los ist.«

Aber irgendwann, dann war es genug, da schnäuzte sie sich sehr undamenhaft in den Ärmel ihres Kleides, lachte unvermittelt fröhlich, gab ihm mit dem Zeigefinger einen Nasenstüber und erklärte: »So, genug geflennt. Das gibt bloß Falten. Los, jetzt wird wieder malocht – sonst wird das heute mit meiner Unsterblichkeit nichts mehr!«

Und auch Otto lachte, verstand nicht, was los war, es war ja auch ganz egal. Er hatte sie zum Weinen gebracht, er hatte sie getröstet, und nun war alles gut.

Er hielt ihre Hand noch immer, einfach weil sie trotz der Hitze so angenehm kühl war, und so gingen sie Hand in Hand zurück. Der Büdchenbesitzer sah es wohl, und er war schon ein bisschen enttäuscht, vor allem wegen des Schälchens Himbeeren, das er nun völlig zu Unrecht in die menschliche Güte investiert hatte.

Sie hatten Hunger, und beim Juden an der Ecke zur Kunstakademie kaufte Anita Eier, Butter, eine Tasse Mehl, eine Tasse Zucker und einen halben Liter Milch. Das sonst so mürrische Ladenfräulein war mindestens so entzückt von der schönen Gnädigen wie der Büdchenbesitzer, verwog sich vor beflissenem Eifer gleich mehrfach.

»Ich mag Düsseldorf«, erklärte Anita, während sie die Treppe zu seinem Atelier hinaufstiegen. »Die Leute sind hier viel netter als in Berlin. In Berlin ist jeder wat janz Jroßes und vergibt sich bei jedem Lächeln Jott weß wat.«

Otto erwiderte darauf nichts. Er wusste, dass die Menschen hier wie dort vor allem eines waren: Menschen. Und das machte sie zu getarnten Bestien. Er selbst war da keine Ausnahme.

Er setzte sich ans Fenster und schwieg, beobachtete, wie diese Frau, diese Dämonin der Nacht, mit seinem Feldkocher, einer alten Pfanne und den Einkäufen selbstvergessen Kaiserschmarren zauberte.

Sie stand im Ruf, einen Croupier oder einen Billardspieler halb totgeprügelt zu haben, sie hatte mehr Liebhaber als ein Provinztelefonbuch Einträge, und nun schlug sie Eier schaumig, sang dabei leise und falsch: »Die Männer sind alle Verbrecher, ihr Herz ist ein finsteres Loch, hat tausend verschied'ne Gemächer, aber lieb, aber lieb sind sie doch.«

Das Atelier begann zu duften, und er dachte an ihre kühle Hand, die so klein war, dass sie vollkommen in seiner verschwinden konnte, winzig und zitternd wie ein aus dem Nest gestürztes Vogeljunges.

Ein mutterloses Spatzenküken! Daran erinnerte sie ihn, die zarten Knochen und der wild trotzige Blick, den sie dem Leben entgegenschmetterte. Aus dem Nest gefallen, von Katzen und Eichelhähern umlauert, schlug sie wild mit den Flügeln, und vielleicht flog sie am Ende ja wirklich?

Er würde es ihr so sehr wünschen.

Er würde sie nicht nackt malen. Er konnte es nicht vor sich selbst verantworten. Auch das Mutzli hatte er nie nackt gemalt. Es war eine Frage des Anstandes, der Moral – auch wenn beides heutzutage den Bach runterging.

Er wollte sie nicht bloßstellen, obwohl sie selbst ihre Seele und ihren Körper Abend für Abend, Nacht für Nacht preisgab. Wenn er könnte, er würde sie davor bewahren.

Am liebsten würde er sie beschützen, wie er seine kleine Nelly vor allem beschützen wollte, vor all dem Bösen, dem Hässlichen und dem Grausamen, das dort draußen nur auf einen unachtsamen Moment wartete. Ein Gaslicht würde er nachts neben ihrem Kopfkissen brennen lassen, falls sie wach würde, damit sie nicht erschrak angesichts all des Dunkels um sie herum.

»Und trotzdem laufen kreuz und quer mir stets die Männer hinterher. Mir hat ja die Natur verliehn, die besten Beene von Berlin«, sang sie und klapperte mit der Pfanne. »Nach meene Beene ist ja ganz Berlin verrückt, mit meine Beene hab' ich manches Herz geknickt. Und zeig ich meine Beene voller Intelljenz, dann schlag ich aus dem Felde jede Konkurrenz.«

Er war ein Idiot. Hilfe suchend blickte er zum Gemälde des Mutzlis, aber das blickte starr an ihm vorbei.

Ihm ging es so gut, besser, als er sich vor fünf Jahren noch hätte erträumen können. Er hatte eine wundervolle Frau und eine entzückende kleine Tochter, blond und oft mit einer schlappohrigen Schleife im Haar. Und nun saß er hier und wollte dieses Weib, diese Dämonin beschützen?

Die konnte ganz gut auf sich selbst achtgeben.

Und doch? Was würde wohl passieren, wenn er sie nun einfach packte und küsste? Wie würde sie reagieren?

Er hatte nicht den Hauch einer Ahnung, und dieses Nichtwissen machte ihn halb verrückt. Würde sie ihn ohrfeigen, kratzen, beißen und um Hilfe schreien? Möglich, gut möglich.

Würde sie den Kuss erwidern, ihn mit dieser alles verschlingenden Leidenschaft küssen, mit der sie tanzte, mit der sie das Publikum betörte und jedem Mann, egal ob Loge oder Stehplatz, die Nacht der Nächte versprach? Für jeden war sie die Frau der Nacht, sie, die Frau ohne Morgen.

Er würde so gern noch einmal ihre Hand halten, nur ein bisschen noch. Aber er war ein verheirateter Mann, ein Familienvater, ein Frontsoldat, ein arrivierter Künstler, er wusste sich zu beherrschen.

Peinlich genug hatte er sich benommen, auf einer Bank sitzend und Dummheiten stammelnd – wie ein verknallter Unterprimaner hatte er sich betragen. Lächerlich hatte er sich gemacht, und mit grimmigem Blick trat er an das Gemälde des Mutzlis und sagte: »Das ist übrigens meine Frau.«

»Das habe ich mir schon gedacht.« Arglos blickte sie von ihrer Pfanne auf, lächelte ihn an. Ihr Gesicht hatte sie von der verheulten Tusche gereinigt, sauber und rosig war es nun, sommersprossig und sehr jung. Vielleicht würde sie auf seinen Überfall auch überrascht reagieren, sich in seinen Armen versteifen, ihn aus furchtsam aufgerissenen Augen anstarren. *Aber Herr Dix? Was tun Sie? Wir sind doch beide verheiratet!*

»Ihre Frau ist sehr hübsch. Und nett obendrein, ich hab ja mit ihr telefoniert.«

Er nickte, dazu fiel ihm nicht viel ein. Er überlegte, dass sie ihm bei ihrer ersten Begegnung gesagt hatte, dass sie gerne mit ihm schlafen würde. Er hatte das mehr für einen sonderbaren Scherz als für ein wirkliches Angebot gehalten, aber nun wurde es ihm plötzlich ganz grausig. Was, wenn sie es ernst gemeint hätte und wenn sie es tatsächlich tun würde? Tun würde mit derselben freundlich unpersönlichen Art, mit der sie dem Ladenfräulein zu seiner hübschen Schürze gratuliert hatte? Sie hatte mit so vielen geschlafen, mit Frauen wie Männern. Was machte das mit einem Menschen? Machte das überhaupt etwas mit einem?

Mit zitternden Fingern wollte er sich eine Zigarette anzünden, erntete dafür aber einen tadelnden Blick. »Du, lass besser, Essen ist gleich fertig.«

Ganz die umsichtige Hausfrau. Niemals hätte er erwartet, dass Anita Berber kochen konnte! Oder überhaupt auf die Idee kam, etwas Derartiges zu tun. Zufrieden füllte sie die Eierspeise in zwei alte Untertassen, verteilte gerecht die Himbeeren darüber und fragte im nichtssagenden Plauderton: »Hast du noch mehr Kinder oder nur die kleine Tochter?«

»Nur die Nelly, aber Martha hat noch zwei aus erster Ehe«, nuschelte er und stopfte sich den Mund voll.

Es schmeckte köstlich. Trotz der Hitze hatte er plötzlich einen Bärenhunger. Eine Art Hunger, wie er sie sonst nur aus dem Krieg kannte, wenn man nach glücklich überstandener Gefahr gar nicht mehr aufhören konnte, zu fressen und zu saufen.

Und um die Gefahr auch dauerhaft zu bannen, begann er ihr vom Mutzli zu erzählen. Wie er sie kennengelernt hatte, im Herbst des Jahres 1921, damals, als er noch ein vollkommen mittelloser Künstler und sie die Gattin des angesehenen Urologen Hans Koch war. »Ich bin auf Einladung von Frau Ey gekommen, sie wollte zwei meiner Bilder ankaufen. Darüber war ich sehr froh, ich hatte nicht einmal das Geld für das Bahnticket, das musste ich mir pumpen.«

»Das kenn ich!«, seufzte sie mitfühlend, und den Mund voll Kaiserschmarren, erzählte sie: »Erst neulich, da musste ich in Berlin die große Berber geben, mit riesigem Gepäck und Entourage. Da haben wir *Meyers Konversationslexikon* in die Koffer gepackt, damit die auch schön schwer sind.«

»Ich hatte nur so ein Pappding, aber das randvoll mit Haarpomade und Lackschuhen. Ich wollte mächtig Eindruck schinden, damit das Bahnticket auf Pump nicht so ins Gewicht fällt. Armut ist für einen Künstler ja nicht nur schlecht, es ist auch ein Zeichen dafür, dass man sich nicht verkauft.«

»Zumindest seine Kunst, die verkauft man nicht«, grinste sie und zwinkerte ihm dabei zu, halb kokett, halb kameradschaftlich. Such's dir aus, Otto, sagte ihr Blick. »Und diese Frau Ey ist wer? Bitte entschuldige, ich kenn mich mit Kunst nicht besonders aus.«

»Macht nichts, ich versteh vom Kunsttanzen ja auch nichts«, grinste er und nahm sich noch mal nach.

Eigentlich freute ihn ihre Unwissenheit ein bisschen, er erklärte gern und kam selten dazu, das Mutzli wusste meistens selbst bestens Bescheid. Und während sie begann, über der Waschschüssel ihre Untertassen zu spülen, erzählte er von Johanna Eys Ausstellungsräumen in der Alleestraße 11, wo er damals im Hinterzimmer auch nächtigen durfte. Wie grauenhaft kalt es dort gewesen war, Schimmelflecken an den Wänden und das Bettzeug stockfleckig und klamm. Wie er die legendäre Mutter Ey das erste Mal gesehen hatte, fetter als manche Juliwachtel und in etwas Bodenlanges aus Samt gehüllt, von dem er zunächst geglaubt hatte, es handle sich um ein Hauskleid oder ein extravagantes Nachthemd. Erst nach ein paar Tagen hatte er begriffen, dass sie diese sonderbaren Säcke trug, um ihre tonnenförmige

Figur zu kaschieren, doch da hatte er ihre kleine Gestalt schon viel zu lieb gewonnen, um jemals etwas Spöttisches darüber zu bemerken – übrigens genau wie all die anderen Künstler, denen sie Kredit, Heimat und zu bestückende Wände bot. »Ich glaube, sie ist die meistporträtierte Frau der ganzen Republik. Pankok, Wollheim, meine Wenigkeit. Vielleicht kann ich sie dir heute oder morgen vorstellen?«

Er bereute den Vorschlag sofort, bangte vor dem wissenden Blick hinter den runden Brillengläsern.

Mit diesem Blick hatte Johanna Ey ihn auch damals bedacht, an dem goldenen Herbstabend, an dem sie ihn ins »Graphinett«, die Kunstgalerie von Hans Koch, geführt und mit dessen mollig schöner, vor Leben sprühender Gattin bekannt gemacht hatte. Getanzt hatten das Mutzli und er, gleich am ersten Abend, stundenlang, immer noch einen und noch einen Tanz, und der Hans, der hatte gesoffen, bis er vom Sofa gefallen war. Porträtieren durfte er ihn trotzdem, die Scheidung verlangte Hans erst, nachdem das Bild fertig war und er sich nicht getroffen fühlte.

»Meinen Sie, dass wir die Zeit für einen Besuch in der Galerie haben? Es geht schon auf drei zu, und Sie haben noch nicht einmal angefangen.«

Da hatte sie recht, und eigentlich kam ihm der Einwand ja auch sehr zupass, aber es wurmte ihn trotzdem, wie sie ihn an die geschäftliche Natur ihrer gemeinsamen Zeit erinnerte. Genau wie es ihn ärgerte, wie selbstverständlich sie ins neutrale Sie zurückgefunden hatte. Wenn man mit so vielen Männern geschlafen hatte, ging einem das vermutlich ganz natürlich von den Lippen, man konnte ja nicht halb Berlin duzen. Wobei er tatsächlich irgendwo mal gelesen hatte, sie würde vom Richter bis zum Bettler jeden duzen. Was so alles gedruckt wurde.

Aus dem kindischen Wunsch heraus, ihr zu zeigen, dass ihm an ihr als Person rein gar nichts lag, sagte er: »Wir müssen das Porträt auch nicht in den drei Tagen Ihres Hierseins beenden. Es geht mir nur um den Gesamteindruck, für die Details brauche ich Sie nicht mehr. Ihr Gatte möchte ja auch nicht so lange allein sein.«

»Jaja, mein Gatte.« Sie schien seine Bemerkung sehr amüsant zu finden, auf ihre schulmädchenhafte Art kichernd trat sie ans Fenster und klopfte sich eine Zigarette in eine Elfenbeinspitze. »Allerdings, inzwischen ist er bestimmt nicht mehr allein. Henri ist sehr …« Wieder lachte sie, suchte nach Worten, erklärte dann grinsend:

»Er ist sehr … interessiert an neuen Menschen. Sie können davon ausgehen, dass er ganz sicher nicht nur einen Stricher auf dem Zimmer hat. Es fällt ihm immer so schwer, sich zu entscheiden, und wenn irgendwo mehrere stehen, dann nimmt er alle mit, weil er keinem das Gefühl geben will, hässlich zu sein.«

»Pest und Hölle! Und warum lässt du dir das gefallen? Warum lässt du dich von diesem … diesem Bübchen so behandeln! Verdammte Scheiße, hast du das nötig?«, platzte es aus ihm heraus. »Warum verlässt du diesen Pinscher nicht auf der Stelle? Du kannst doch jeden haben! Warum ausgerechnet so einen?«

Sie musterte ihn, ein bisschen spöttisch oder vielleicht auch nur ernsthaft verblüfft, dann sagte sie ganz ernst: »Er ist lieb zu mir. Kannst du das verstehen? Er schlägt mich nicht, er stiehlt nicht meinen Schmuck, und wenn ich nicht mit ihm schlafen will, dann ist das in Ordnung. Außerdem ist er ein guter Tänzer, wir sind auf der Bühne ein tolles Paar. Und wenn ich nachts schlecht träume, dann ist da ein Mensch neben mir.«

Otto nickte und drehte sich ruckartig fort, begann mit routinierten Griffen seine Pastellkreiden in Reihe zu legen. Die gewohnte Beschäftigung der Hände beruhigte ihn, brachte ihn zur Besinnung. Er wusste genau, was er tat, und sich der Tragweite seines Satzes vollkommen bewusst, sagte er: »Komm mit. Wir kaufen dir ein Nachtlicht.«

Sie nahmen eine Taxe zum Carsch-Haus, einem mehrstöckigen neoklassizistischen Sandsteinbau und Ottos Meinung nach die einzig wahre Adresse für den Erwerb eines Nachtlichtchens.

Dabei war Nachtlicht nur vornehm für eine teure Laterne, und weil es für Kinder war, gab es sie in Rosa, Zartblau und Lindgrün. Otto wählte aus, entschieden und bestimmt, Lindgrün wurde es! Angesichts solch männlicher Entschlusskraft blieb Anita und dem Ladenfräulein nicht viel mehr, als zu nicken.

Anita wusste nicht wirklich, was sie mit diesem Lämpchen sollte, aber als sie mit dem Tütchen in der Hand auf den Alleeplatz trat, war sie trotzdem sehr glücklich. So glücklich, dass ihr Herz im Hals schlug wie ein aufgeregter Spatz, schlug, als habe sie eben *Die Nacht der Borigias, Astarte* und *Das Irrenhaus* ohne Pause hintereinanderweg getanzt und als Zugabe noch die *Pretzelpuppen*.

Sie wusste nicht, wann sie das letzte Mal einfach so

etwas geschenkt bekommen hatte. Und sie war froh, dass ihr das Modellsitzen noch ein bisschen erspart blieb. So lächerlich es klang, sie schämte sich, so ganz ohne Kleider vor ihm zu posieren.

Was, wenn er sie zu dünn – oder schlimmer noch – zu dick fand? Was, wenn er merkte, dass sie an den Schenkeln Orangenhaut hatte? Und Narben vom Kokainspritzen, von damals, während der Inflation, als sie es durchaus sehr schick fand, mitten im Teesalon des »Adlon« ihren Strumpf runterzurollen und sich eine Nadel zu setzen. Wie wundervoll schockiert all die Spießer da dreingesehen hatten, aber jetzt rächte es sich. Wie sich immer alles rächte.

Oh, sie mochte gar nicht daran denken, was sein böser Blick schon ausgemacht hatte, selbst ihr bisher entgangene Makel würde er erspäht haben. Otto sah auf die Welt wie andere vielleicht auf eine Leibspeise, an der sie sich einmal überfressen hatten.

Ob Anita ihm nicht länger gefiel, nie gefallen hatte? Ob er deshalb erst einmal Aufschub wollte? Aber wie wütend er über Henris Verhalten gewesen war.

Sie hatte von jeher eine Schwäche für Männer mit Temperament, für solche, die auch mal aufstanden und unbequem sein konnten.

Bei seinem Ausbruch, da hatte sie einen Moment lang fast gedacht, er würde sie mögen – richtig mögen, trotz ihres peinlichen Auftritts auf der Parkbank und trotz der vernarbten Orangenhaut an ihren Schenkeln. Nur was sie mit einem Nachtlicht sollte, das leuchtete ihr nicht ganz ein. Es war aber im Grunde auch egal, er hatte ihr ein Geschenk gemacht, und in der Taxe, da hatte sie in den Kurven manchmal ihren Schenkel an seinen gepresst, nur für einen kurzen, durchaus als Zufall deklarierbaren Moment.

Der Himmel hatte sich verdunkelt, heftiger Wind war aufgekommen. Über den Alleeplatz hetzten sommerlich gekleidete Flaneure, Laden- und Tippfräulein mit übergeworfenen Gummimänteln und solche, die nicht an die versprochene abendliche Abkühlung geglaubt hatten und nun nass wurden: Angestellte mit vom Tagwerk durchgeschwitzten Kragen und Arbeiter in Hemdsärmeln. Alle auf der Flucht vor dem jeden Moment drohenden Regen, nur sie hatten es nicht eilig.

Wo sollten sie auch hin? Noch mal in sein Atelier? Es war fast Abend, es lohnte sich nicht mehr anzufangen.

Ihr Hotel war ganz in der Nähe, keine fünf Gehminuten, es würde also durchaus Sinn machen, sich zu verabschieden. Seine Frau wartete vermutlich mit dem Abendessen und seine Tochter auf den Gutenachtkuss.

Auf sie wartete niemand.

Vor der Begegnung mit Henri graute ihr. Nicht, dass sie grundsätzlich etwas gegen ihn gehabt hätte, er war ja wirklich ein lieber Kerl, aber heute ertrug sie ihn nicht.

Nicht sein breites Lachen, nicht seine freundlich-dummen Kuhaugen und ganz besonders nicht sein beschwipstes Geschwätz. Es ging erst auf sechs zu, und bis er endlich den Punkt erreicht hatte, an dem er in irgendeiner Ecke stumm zusammensackte, konnte es noch Stunden dauern. Und wenn sie an das nach Schweiß, Sperma und ungewaschenen Stricherfüßen stinkende Bettzeug dachte, wurde ihr übel.

Vielleicht sollte sie doch wieder mit dem Kognak anfangen? Die Welt war nach dem vierten Glas viel leichter zu ertragen.

Vielleicht sollte sie am Empfang gleich um neues Leinzeug bitten. War ihr doch piepe, was die von ihr hielten, hatten doch vermutlich selbst gesehen, was ihr Gatte sich da Schönes mitgebracht hatte.

Und dann bemerkte sie plötzlich das Straßenschild der Alleestraße, und voll Dankbarkeit stieß sie hervor:

»Wir sind ja gleich bei Frau Eys Galerie, oder? Lass uns doch noch kurz vorbeigehen.«

Wie aufs Signal begannen große Tropfen pflatschend aufs Pflaster zu fallen, aber Otto stand wie angewurzelt da, machte keinen Schritt vor, keinen zurück.

Aus diesen ewig leicht grimmigen Augen sah er sie an, aber es war kein bösartiger Blick, mehr hilflos, fast ein bisschen furchtsam schien er Anita, und hilflos wirkte auch die Geste, mit der er nun seinen Hut vom Kopf nahm, ihn in den Händen drehte und drehte und dabei nichts sagte.

Immer heftiger prasselte es auf sie herab, doch Otto schwieg, betrachtete sie auf seltsam eindringliche Weise, und dann, als gäbe es keinen Regen und kein zur Eile drängendes Gewitter, sagte er voll Bedacht: »Ich weiß jetzt, wie ich dich malen werde.«

»Das sind also Sie?«

Und um ganz sicherzugehen, nahm Johanna Ey die leicht unsaubere Brille von der Nase und verschmierte den Fettfilm darauf gleichmäßig. Hübsch war diese Berber, konnte man nicht anders sagen, aber das war ja schließlich ihr Beruf. Wenn sie aussähe wie Johanna, dann wollte sie auch keiner dabei beobachten, wie sie nackig herumhüpfte. Bewegte sich sehr elegant, hatte bestimmt Ballettstunden, aber ganz abgezehrt sah das Kind aus. Nach viel Kummer und Angst und Sorgen.

Wenn Johanna etwas nicht ertragen konnte, dann war es die Sehnsucht der anderen.

Ihren Ruf als Mäzenin verdankte sie eigentlich nur dem Hunger der Fremden. Sie hatte wohl gemerkt, wie begehrlich die Kunststudenten die Auslage ihrer Backstube besahen, damals in der Ratinger Straße war das noch gewesen. Und weil sie da zum Glück schon keinen saufenden Ehemann mehr hatte, der ihr irgendetwas vorschreiben konnte, hatte sie die Bengel eben reingebeten, hatte Kredite und manchmal auch einen Likör ausgegeben.

Sie konnte sie doch nicht vor dem gefüllten Schaufenster verhungern lassen, ihr reichte das, was ihr blieb, schon irgendwie. So fing es an, und so ging es dann auch immer weiter. Inzwischen hatte sie schon lange keine Brötchen mehr verkauft, aber Kunst oder Kuchen, am Ende kam das doch auf dasselbe raus. Hunger im Bauch oder im Herzen, beides wollte gestillt werden.

Und dem durchgeweichten Hungervögelchen in ihrer Tür machte sie auch jetzt umgehend einen ganzen Stapel Graubrot, dick beschmiert mit Schmalz und Leberwurst, scharf gepfeffert, dazu Kornkaffee, Spiegelei und Erdbeeren mit Schmand und Zucker. Und ihr Gast, der aß mit gesundem Appetit, hatte die nassen Sachen gegen einen viel zu großen Baumwollbademantel eingetauscht und sah darin natürlich ganz bezaubernd aus.

Johanna hatte ihr schon verziehen, wie wunderschön sie war. Wer bei Tisch so zulangte, der konnte kein schlechter Mensch sein, und geredet wurde ja so viel.

Das hatte sie am eigenen Leib erfahren dürfen. Was hatten sich die Leute das Maul über sie zerrissen, als sie den Robert, das versoffene Schwein, rausgeworfen hatte, als sie sich von ihrem Ersparten selbständig gemacht hatte, und natürlich dann über ihre Galerie? Über die Auswahl ihrer Bilder, über das Betragen ihrer Künstler und immer, immer wieder über ihre Chuzpe, als Frau mit Volksschulabschluss Kunst zu verkaufen. Süße Teilchen, das ging gerade noch an, aber doch keine Kunst!

Johanna war Tochter eines Trinkers, und sie war zwanzig Jahre mit einem Trinker verheiratet gewesen. Sie hatte zwölf Kinder geboren und davon acht verloren, sie brachte so schnell nichts mehr aus der Ruhe. Aber wenn sich jemand anmaßte, ihr zu erklären, was Kunst und was keine war, dann wurde sie wild.

Vielleicht ging es der Berber ebenso? Vielleicht machte sie ja wirklich Kunst, vielleicht wollte sie wirklich etwas ausdrücken, und keiner verstand es? So wie bei van Gogh oder so vielen der Künstler des Jungen Rheinlandes?

»Schmeckt top!«, bemerkte das Vögelchen, und Johanna konnte sich nur mühsam zurückhalten, dem Geschöpf über das rote Haar zu streichen, stattdessen schenkte sie noch mal Kornkaffee nach.

Otto saß nur daneben, hielt sich abwechselnd an einer Bierflasche und einer Zigarette fest, und wenn sein Blick auf den von Johanna traf, dann sah er trotzig zur Seite.

Armer Otto, den hatte's erwischt.

Männer waren wirklich nicht zu beneiden, hatte sie immer schon gedacht.

»Zeigen Sie mir die Bilder?«, fragte ihr Gast, und Johanna beschloss, dass sie sie gernhatte. Sie konnte Leute nicht ausstehen, die *Exponate* oder, schlimmer noch, *Werke* sagten. Hochtrabendes Geschwätz ging ihr grundsätzlich auf die Nerven.

Ein Bild war ein Bild, und was ihr gefiel, hängte sie auf, so hatte sie das immer gehalten, und damit war sie gut gefahren. Nur bei Gert Wollheim nicht, als er ihr seinen *Verwundeten* überm Bett befestigt hatte, da verstand sie die ablehnenden Museen und all die angewiderten Betrachter schon. Tagelang konnte sie nicht schlafen unter diesem bleichen Irren und seinen herausquellenden Innereien, einen Schal musste sie darüberwerfen. Aber dann schalt sie sich eine wüste Zimperliese, Gert hatte das jahrelang im Graben ertragen, und sie stellte sich an.

Da hatte sie sich irgendwie daran gewöhnt, genau wie sich die Gäste bei dem Dix an den *Lustmord* über dem Esstisch gewöhnt hatten. Da war am Anfang auch so manchem der Appetit vergangen.

Martha hatte darüber gelacht, auch über die gekränkte Eitelkeit ihres ersten Gatten, der sich in Ottos Porträt so gar nicht wiederfinden und es schon nach zwei Jahren wieder loswerden wollte. Im offenen, speckigen Kittel, mit hochgerollten Ärmeln, unrasiert und mit schmuddelig aussehendem Haar hatte Otto den Urologen in Szene gesetzt, im Hintergrund den Untersuchungsstuhl, und in den feisten Händen, da hielt der Mediziner eine Spritze und auf Höhe des Schritts ein schlaff herabhängendes, hautfarbenes Schläuchchen. Besonders Letzteres hatte Martha grenzenlos entzückt, warum, wollte Johanna gar nicht so genau wissen.

Martha.

»Kommen Sie, ich zeige Ihnen alles«, sagte Johanna energisch und stand auf.

Sie wollte nicht an Ottos Frau denken. Sie wollte auch nicht an Ottos kleine Tochter denken. Und an all die Liebhaber und Geliebten und Ehemänner dieses rothaarigen Gastes mochte sie erst recht nicht denken.

Armer Otto.

Arme Martha.

Und arme Anita.

Otto in ihrer Küche zurücklassend, nahm sie das Kindchen an die Hand und ging mit ihm in den Ausstellungsraum. Darin war ein ziemliches Durcheinander, grundsätzlich immer und im Augenblick ganz besonders.

Mit der Nachmittagspost war ein großes Paket aus Paris gekommen, von Max Ernst, der mal wieder und mal wieder sehr schnell möglichst viel Geld brauchte. Verkaufen sollte sie die Bilder, besonders für *Das Rendezvous der Freunde* hoffte er auf einen guten Preis. Ein eindrucksvolles Bild, nicht nur wegen seiner fast zwei Meter messenden Länge. Die siebzehn führenden Köpfe des Dadaismus und des neu begründeten Surrealismus vor einer gewaltigen, dunklen Gebirgssilhouette versammelt, darunter der Dichter Louis Aragon mit Lorbeerkranz auf dem Schoß, Max Ernst selbst auf dem Schoße Dostojewskis sitzend und natürlich Gala Éluard, Max Ernsts sklavisch verehrte Geliebte. Wegen ihr brauchte er auch das Geld, nach Saigon musste er seiner Muse und deren Gatten hinterherreisen – dringend, keinen weiteren Tag der Trennung aushaltend, hatte er Johanna um Verkauf oder, besser noch, Vorschuss gebeten. Dabei hatte er mit seiner Ehefrau, der lieb-duldsamen Luise, solches Glück gehabt. Genau wie Otto mit Martha.

Johanna seufzte innerlich, blickte durch die geöffnete Tür zur Küche, wo Otto noch immer saß und rauchte und Flaschenbier trank. Sie hatte ihn wirklich furchtbar gern. Gleich bei ihrer ersten Begegnung hatte sie ihn in ihr Herz geschlossen, gleich als er in seiner ärmlichen Garderobe und mit seinen auf Hochglanz polierten Lackschuhen im Pappkoffer ankam.

Sie wusste, dass er ein großer Maler war, vielleicht der größte derer, die bei ihr ausstellten. Tief in ihrer bürgerlichen Seele wusste sie, dass Otto viel zu sehr Künstler war, um auf Dauer mit Frau und Töchterlein glücklich zu sein. Aber sie wusste auch noch etwas, nämlich dass er viel zu anständig, viel zu sehr Kind des Kaiserreiches war, um zu gehen.

Martha war wegen ihm geschieden, wegen ihm hatte sie ihre ersten beiden Kinder verloren, wegen ihm hatte man über sie geklatscht, wegen ihm hatte sie ihre bürgerliche Sicherheit aufgegeben – niemals würde er sie verlassen. Konnte er gar nicht, brachte er nicht fertig.

Und sicherheitshalber zeigte Johanna auf das Porträt Marthas in Gold und mit goldenem Troddelhut nach neuster Mode.

»Das ist seine Gattin«, stellte Johanna fest, und dann sagte sie leise und beschwörend: »Sie ist seine Muse. Es gibt keine Frau, die er so oft und so kunstvoll gemalt hat. Sie hat alles für ihn aufgegeben. Ihr Ansehen, ihren gesellschaftlichen Status, vor allem aber die beiden Kinder aus erster Ehe. Sie sagen Tante zu ihr, wenn sie sie überhaupt sehen darf. Alles nur wegen ihm.«

Aber in diesem Moment, da zeigte der Gast auf Ottos *Streichholzhändler* und schüttelte mehrfach heftig den Kopf, so als könne sie den Anblick des blinden, gliedlosen Mannes mit seinem Warenkörbchen und den real aufgeklebten Geldscheinen nicht länger ertragen. Mit vor Ekel schwankender Stimme sagte sie: »Das ist sein scheußlichstes Bild. Ich finde, es gehört verboten, Invaliden so zu malen. Es ist effekthascherisch.«

Das ließ Otto sich natürlich nicht sagen, auch wenn

ihn das alles angeblich gar nicht interessierte, und obwohl er ja überhaupt nicht zugehört hatte, kam er nun an, erklärte hitzig: »Das ist es nicht! Das ist die Wirklichkeit. Den Mann habe ich selbst so gesehen. In jedes Wahlbüro, in jede Schule sollte man sein Bild hängen, damit er allen als Warnung gilt. Schaut her, das ist nicht der Krieg! Das ist der Frieden, der auf einen Krieg folgt.«

»Aber du nimmst dem Mann seine Würde! Du gibst ihn den Blicken preis. Du machst ihn noch einmal zum Opfer. Das ist keine Warnung und keine Anklage, das ist reiner Voyeurismus.«

»Na, damit kennst du dich vermutlich aus.« Einen Moment lang starrten sich die beiden wild an, dann prusteten sie unvermittelt los, heftig und ausgelassen. Zwei verliebte Kinder.

Johanna hörte kaum hin, aber was Ottos Ehe anging, war sie sich auf einmal gar nicht mehr so sicher.

… *und abends in die Scala.*

Der eben aus Amerika zurückgekehrte Erik Hanussen, der größte Wahrsager seit Nostradamus, hatte zu einem seiner experimentellen Vorträge geladen, und fünftausend zahlende Hauptstädter waren seinem Aufruf gefolgt – übrigens zum zweiten Mal an diesem Freitag, die Nachmittagsvorstellung war gleichfalls restlos ausverkauft gewesen. Zehntausend Karten, die billigsten zu 25 Pfennig, die Loge zu 5 Mark der Platz.

In Susis Kopf brummte es, sie rechnete und rechnete. Dabei war das Ergebnis ihrer Addition vollkommen gleichgültig, aber es beschäftigte doch ihren ruhelosen Geist. Im Orchestergraben wurden ein letztes Mal Instrumente gestimmt, der mitternachtsblaue Vorhang zitterte leicht in der mühsam ventilierten Luft.

»Unerträglich, diese Hitze«, stöhnte die blondierte Dame, deren Name Susi vergessen hatte, die aber in irgendeiner wichtigen geschäftlichen Verbindung zu Viktoria stand und die man deshalb auch abends hin und wieder sehen musste.

»Das ist doch schon nicht mehr normal. Das liegt an den Automobilen, die verpesten die Luft, und die heizt sich auf«, erklärte die Dame nun Viktoria, und die legte den Kopf schief, als denke sie ernsthaft darüber nach. In Wahrheit aber überlegte sie vermutlich gerade, ob in der Bar ohne sie auch alles gut ging, ob der zweite Barmann heute pünktlich gekommen und die Trompete endlich nicht mehr heiser war. Oder sie überlegte, welche Aktie sie am kommenden Montag kaufen, welche verkaufen sollte oder wann sie das Haushaltsbuch das letzte Mal geprüft hatte. Was es auch immer war, die Hitze war es nicht.

Dabei war die wirklich mörderisch. In der Loge ging es noch irgendwie, aber unten und auf den Stehplätzen, da drängelte sich das Volk, schwitzend und stinkend.

Die Damen hatten die Temperaturen zum Anlass für allerlei Luftigkeiten genommen, in manchem Strandbad sah man weniger wannseebraunes Fleisch. Den Herren in ihren eleganten Smokings aber klebten die Seidenhemden am Leib, und die steifen Kragen hingen schlaff herunter.

Eigentlich hätte Susi sich über dieses Sinnbild des starken Geschlechts amüsieren können, heute jedoch galt ihre Aufmerksamkeit etwas anderem. Sie lauerte. Jeder Nerv war angespannt, sprungbereit wie eine Katze.

»Ich denke, es sind die Fabriken«, trug Viktorias Modistin bei, ein hohlwangig mageres Wesen, das schon von Berufs wegen mit französischem Akzent sprach und fast gänzlich unter all den Pailletten und Perlen verschwand. »Früher waren die Sommer jedenfalls kühler.«

Mochte sein, mochte auch nicht sein. Susi war es herzlich gleich, denn im Orchestergraben, da wurde es nun sehr ruhig, der Dirigent war hereingehuscht, und das war ihr Zeichen.

Plötzlich sprang sie auf, gerade als wäre es ihr in diesem Moment eingefallen, und hastig gab sie Viktoria, deren Miene sich schon wieder verfinsterte, einen Kuss auf deren gleißendes Stirnband, flüsterte: »Ich muss ganz dringend mal wohin.«

Viktoria verdrehte die Augen, aber sagte wie erwartet nichts, denn unten auf der Bühne wurde soeben mit großem musikalischem Lärm der Vorhang gehoben, und ein überglücklicher Schwarm Scala-Girls stürmte herein, alle in steifem Röckchen, glitzerndem Trikot, blond und grinsend. Ein Dutzend frisch aufgezogener Tanzmaschinen, in vollkommenem Gleichschritt marschierend, tanzend, springend.

Susi schauderte und huschte hinaus. Sie hatte nicht mal gelogen. Sie musste wirklich wohin. Zur Telefonkabine bei der Garderobe nämlich.

Viktoria brauchte das nicht zu wissen, deren Verständnis für die »Eskapaden der Berber« war sehr gering.

Den ganzen Tag schon hatte Susi versucht, Anita zu erreichen, hatte im Hotel eindringlich um Übermittlung ihrer Bitte um Rückruf gebeten, hatte schließlich in ihrer Verzweiflung sogar das »Ballhaus Jungmühle«

angeklingelt und um Benachrichtigung gefleht, falls Anita dort, auf ihrer alten Düsseldorfer Bühne, zufällig aufkreuzen sollte. Doktor Klapper hatte sie bekniet, dasselbe zu tun, und wie sie den treuen alten Herrn kannte, kam er ihrer Bitte bestimmt nach. Doch nichts!

Gegen späten Nachmittag hatte sie Henri in der Leitung gehabt, aber der konnte ihr nur sagen, was sie schon wusste: Anita saß für dieses Bild, und einen Telefonanschluss hatte das Atelier nicht. Dort vorbeizugehen, sah Henri nicht ein, und realistisch betrachtet wäre er dazu auch schon gar nicht mehr in der Lage gewesen.

Stattdessen hatte er mal wieder Anstalten gemacht, ihr die Ohren vollzujammern. Ach, wie er Anita liebte, und sie, sie behandelte ihn schlechter als den Dreck unter ihren Schnallenpumps. Tja, so war das eben mit Anita. Sich in sie zu verlieben war einfach, sie zu lieben das Paradies, mit ihr zu leben die Hölle.

Wie glücklich Susi war, entkommen zu sein. Wie unglücklich Susi war, angesichts ihrer geregelten Zukunft. Wie quälend langweilig waren die Tage ohne Anita, in ermüdender Sicherheit vor sich hin plätschernd. Wie sie Anita vermisste! Wie sie das Chaos, den Trubel, ja sogar die Sorgen vermisste. Wenigstens hatte sie sich an Anitas

Seite immer lebendig gefühlt, und was war das für ein herrlich wildes Leben gewesen!

Aber all das war nun vorbei, und das war gut so.

Wenn nur alles gut ging.

Zu glatt, viel zu glatt war das Gespräch mit diesem Morgenstern gelaufen. Mit Wutgebrüll und zerschlagenem Porzellan, mit Ohrfeigen und zerkratzter Haut hatte Susi gerechnet – wenigstens mit einem an den Kopf geschleuderten »du Judas von einer Freundin«. Dafür hatte sie sich innerlich gewappnet, doch nichts!

Ganz ruhig war Anita nach dem Gespräch gewesen, hatte gar in freundlichem Tonfall vorgeschlagen, ob Susi nicht in Berlin bleiben wolle. Bei Viktoria, die sie ja seit Wochen nicht gesehen hatte? Was brachte es, für die paar Tage, die paar Gastspiele noch nach Wiesbaden zu fahren? Sollte sie in der Hauptstadt bleiben und mit Herrn Morgenstern alles Weitere organisieren.

Susi hatte schon eine Falle gewittert. Ein vergiftetes »Lass mich nur ganz alleine gehen«, aber auf ihr Nachfragen hatte Anita lediglich vernünftig geantwortet, sanft und liebenswürdig, hatte die logischen Argumente des Herrn Morgenstern wiederholt und erklärt, die orientalischen Tänze wären sicher ein Ausweg aus der Misere.

Susi hatte es nicht glauben können, und sie glaubte es noch immer nicht wirklich. Wenn diese Ruhe nur nicht trügerisch war – Anita Berber, die Vernünftige!

Anita, die immer so viel Wert darauf gelegt hatte, dass sie keine simple Nackttänzerin, sondern eine Künstlerin ohne Kleider war. Anita, die mit solcher Wucht gegen alles Verknöcherte, Biedere, Brave angetanzt hatte. Die sich Nacht für Nacht auf die Bühne geworfen hatte, um die hässlichen alten Krusten einzureißen und zu zerstören, Nachtalp und Lusttraum der gesamten Republik. Und nun sollte sie plötzlich Anita Berber, die orientalische Tänzerin sein – weil die Rechnungen gezahlt werden mussten? Wann hatte Anita sich je um Geld geschert? Tanzen wollte sie, tanzen und fliegen und fallen und taumeln, um die Qual ihrer Seele zu heilen oder wenigstens zu lindern. Deshalb war sie doch überhaupt berühmt geworden. Nicht, weil sie schöne Beine und rote Haare hatte. Nicht, weil sie nackt herumsprang, und auch nicht, weil sie damit kokettierte, mit jedem Herrn im Saal zu schlafen, am besten zweimal und in der Pause.

Nein, sie war berühmt, weil sie sich verschwendete. Abend für Abend bot sie ihre Seele feil, und das Publikum johlte und pfiff, weil es die Größe dieses Geschenks nur so ertragen konnte. Diese übergroßzügige Gabe musste beschmutzt und erniedrigt werden, damit ein Mensch es aushielt.

Und was war Anita Berber nicht schon alles gewesen: eine hochbegabte Elevin, eine nackte Göttin, eine Topsau, sogar eine Nippesfigur. Aber vernünftig?

Hatte sie, Susi, die Freundin nicht immer gerade deshalb bewundert? Bei allem Groll über Anitas Eskapaden, bei aller Sorge ob der unbezahlten Rechnungen, es war Anitas unbedingter Wunsch, als tanzende Künstlerin wahrgenommen zu werden.

Susi schüttelte den Kopf und eilte die mit rot-goldenem Teppich belegte Treppe hinunter.

Wie sie damals Anita das erste Mal gesehen hatte, da war ihr gewesen, als falle sie kopfüber in nachtschwarze See. Das war im »Adlon« gewesen. Sie war mit Viktoria zu Himbeeren mit Sahne und anschließendem Schwof verabredet gewesen. Sie hatte ein neues, gelbes Kleid mit Bubikragen und kunstvoll gefälteltem Rock getragen, das wusste sie noch, als sei es erst gestern gewesen. Auf hohen Absätzen war sie durch die wuselnde Geschäftigkeit und den zeitunglesenden Müßiggang der Empfangshalle gestöckelt, als auf einmal jemand hinter ihr zu brüllen begann.

Im ersten Moment hätte Susi geschworen, dass dieser

unfassbare Schmerzenslaut keiner menschlichen Kehle entsprungen sein konnte. Nur ein tödlich getroffenes Tier vermochte so vollkommen ohne Sinn und Halt zu kreischen.

Und doch, als Susi sich umwandte, stand dort mitten in der stuckgoldenen Marmorlobby des »Adlon« eine Frau in einem schwarzen Zobelmantel und schrie und schrie und schrie. Dem Wahnsinn schien sie anheimgefallen. So kratzte sie sich mit langen, spitzen Nägeln blutige Streifen in die Haut und riss sich die Kleider von ihrem gespenstisch weißen Leib.

Erst dann entdeckte Susi zu ihren Füßen einen Haufen bestickter Tücher – und aus den Stoffen, da ragte eine winzige, leblose Hand.

Die Hand eines Kindes?

Nein, das war keine Menschenhand. Und wie zum Beweis hatte Susi da auch verstanden, was die Wahnsinnige brüllte.

»Mein Äffchen!«, schrie sie. Und immer wieder: »Es ist tot! Mein Äffchen ist tot!«

Niemand schien darauf etwas sagen zu können, nicht die unzähligen dienstbaren Hände, nicht die glotzenden Gäste und nicht einmal der sonst so unbeirrbare Concierge.

Nur Susi, die war zu der von Weinkrämpfen geschüttelten Gestalt gegangen, hatte ihr den Mantel wieder umgelegt, hatte sie umarmt. Ganz fest hatte sie den zitternden, sich aufbäumenden Körper gehalten, und langsam hatte Anita sich in ihren Armen beruhigt.

Sich in Anita zu verlieben war so einfach.

Auch in den Gängen der »Scala« war es nun still geworden, der große Hanussen würde inzwischen die Bühne betreten haben. Was er wohl machte? Ließ er seine bezaubernde Assistentin, diesen hingehauchten Schatten aus blondem Haar und eleganten Knochen, wieder unter Hypnose Eisenketten zerbeißen oder Elefanten in die Höhe stemmen?

Auch die Berber hatte eine Zeit lang mit Okkultem, Marienbildchen und Kreuzen herumexperimentiert, aber am Ende blieb es bei einigen krawalligen Äußerungen zu Sex als Religion und die potenziellen Liebhaberfähigkeiten Jesus'. Susi war das peinlich gewesen, wie es ihr auch peinlich war, der Berber eine abendliche Flasche Kognak in die Verträge zu schreiben. So ein Getue, aber ohne ging es wohl nicht. Die Konkurrenz war hart, besonders in der Hauptstadt.

Ob der Hanussen wirklich direkt in die Herzen seiner Zuschauer blicken konnte?

Es hieß, man könne keinen noch so kleinen Gedanken vor seinen Seheraugen verbergen. Ganz recht war es Susi, da nicht im Saal zu sein. Was ging ihn ihr Inneres an? Was ging es die Gäste des »Scala« und was Viktoria an?

Wenn sie Anita nur erreichen könnte.

Sie traute dem Frieden nicht. Auch das Essen vor zwei Tagen, wie ein vorgezogener Leichenschmaus war es Susi erschienen. Und Anita hatte es schon einmal versucht. Wer es einmal versuchte, der versuchte es wieder.

Drei, vier Jahre war es nun her.

Die imposante Suite im »Adlon«, das Boudoir der Berber, eine Hölle aus purpurnem Samt, ausstaffiert mit Barockstatuen und Bodenvasen voll mit in faulendem Wasser stehenden Lilien, eine Welt der ewigen Dämmerung, der zugezogenen Portieren. Dazwischen überall Anitas von der Straße angeschleppte Tiere, der Würgen auslösende Gestank nach Katzenpisse und nassem Hundefell. Susi spürte wieder, wie ihr Herz im Hals schlug, die Panik in ihren Gliedern, ihr verzweifeltes Rufen und dann der Fund – in der Badewanne.

Der Berliner Klatsch dichtete der Badewanne später Löwenfüße und duftige Schaumberge an, Anita bekam eine Peitsche in die blaugeäderten Hände gelegt, und eine schwarze Corsage wurde in diesem Stillleben auch gern noch untergebracht.

Das Erbrochene, die Glasscherben, den unerträglichen Gestank und dann das Blut, überall auf dem Marmor, feuchtglänzend, aber an den Rändern schon getrocknet – all das erwähnte nie jemand.

Vor Angst und Eile übersah Susi eine Stufe, schlug fast der Länge nach hin, konnte sich gerade noch am Messinggeländer festhalten, erntete einen Blick von der Garderobiere, die hielt sie für betrunken.

Susi hetzte an ihr vorbei. Etwas neben dem Eingang, halb im Schatten, stand ein Mann im Trenchcoat, in der rechten Telefonkabine knutschten zwei Primaner, die linke war frei, und mit zitternden Fingern wählte Susi, fragte ehrfürchtig: »Vermittlung?«

Doch bevor diese etwas erwidern konnte, fiel Susi mit einem spitzen Schreckensschrei der Hörer aus der Hand. »Was machen denn Sie hier?«

Die Wolken hatten sich verzogen, ein Barockhimmel hatte sich über Düsseldorf gelegt, regennass glänzte das Pflaster im letzten Licht des Tages.

»Auf Wiedersehen«, sagte Anita zu Frau Ey. Sie meinte es ganz aufrichtig, all ihren Plänen zum Trotz.

»Es hat mich sehr gefreut, Sie kennenzulernen«, entgegnete die Galeristin, und ihr Zwinkern verriet, dass auch sie es ganz aufrichtig meinte, all ihren mahnenden Worten über das große Opfer von Frau Martha Dix zum Trotz.

»Pass auf dich auf, Otto«, rief sie ihnen hinterher, und Anita war, als würde er unter diesen Worten zusammenzucken, ein Streifschuss.

»Ich bring dich noch zum Hotel«, erklärte er, und es klang ein bisschen schleppend. Vielleicht, weil er viel getrunken hatte, vielleicht, weil ihm der Abschied auch ein bisschen schwerfiel. Wie schön es gewesen war, mit jemandem über Kunst zu lachen – nicht bösartig, nicht abfällig. Nein, einfach nur gemeinsam lachen, weil das alles am Ende ja doch einfach lächerlich war, das ganze Leben und die ganze Kunst. Man durfte es nicht zu ernst nehmen. Sie hätte gern noch mehr mit ihm gelacht.

Und obwohl es albern war, zu nichts führte, wünschte sie sich ihre sündschöne Spiegelschwester herbei, die Berber, die würde sich einen feuchten Dreck um die arme brave Martha Dix und das Balg kümmern! War doch selbst schuld, wenn sie nicht besser auf ihren Mann aufpasste.

»Es ist immer noch so heiß, darf ich dich noch auf einen kalten Gin einladen?«, fragte ihre Stimme, und Anita wusste nicht, wer da sprach, sie selbst oder diese schlangenzüngige Femme fatale?

Otto blieb stehen, zündete sich eine Zigarette an, inhalierte tief, schnippte das Streichholz fort und nickte dann langsam. »Ja, ich glaube, das ist eine gute Idee. Es ist so unerträglich heiß. Dabei hat es doch gewittert, man sollte meinen, ein Unwetter brächte Abkühlung! Aber nur einen Gin. Ich muss auch nach Hause.«

»Nur zur Abkühlung«, assistierte Anita, und dann redeten sie den kompletten weiteren Weg ins Hotel sehr eifrig darüber, wie wichtig es sei, bei diesen Temperaturen regelmäßig etwas zu trinken. Und darüber, dass es ja eigentlich gar keinen Unterschied machte, ob Otto direkt heimging oder sich noch rasch stärkte.

Im Hotel angekommen, da setzten sie sich auf die Terrasse, in eine etwas abseits gelegene Ecke, von der man das Orchester gerade noch hörte. Ein leichter Luftzug herrschte hier, dickfleischige Palmblätter rieben aneinander, und Bambusfackeln warfen ein flackerndes Licht auf das weiße Tischtuch und auf ihre Gesichter.

Otto bestellte für sie beide Gin, der in dickbauchigen Gläsern gebracht wurde, Eiswürfel in der Größe von Säuglingsfäusten schlugen darin klickernd aneinander. Sie hatte Gin noch nie gemocht, genauso wie sie eigentlich Kognak nicht leiden konnte und Champagner für überteuertes Weißweinsoda hielt.

Ganz vorsichtig nippte sie an ihrem Glas, schob das Gebräu dann weit von sich, winkte dem Kellner und bat um ein Soda rosé. Da war eine neue Stimme in ihrem Kopf, und diese Stimme mahnte, nüchtern zu bleiben. Es war Frau Leopolds Stimme. Sie war laut und klar, obwohl die Berber sie mit ihrem spitzen Gekreische zu übertönen versuchte. Anita war nach Seufzen. Es war unfassbar anstrengend, wenn man sich so einen kleinen Kopf zu dritt teilen musste.

Und um Ottos verwunderten Blick angesichts ihrer Getränkewahl zu überspielen, atmete sie tief ein und sagte: »Ich finde es hier wunderschön. Man glaubt sich richtig weit fort. Ich kann das Meer fast riechen.«

»Das sind vermutlich die Fischabfälle aus der Hotelküche«, entgegnete Otto, aber er musste selbst über sich lachen. »Vielleicht versprühen die hier auch irgendeinen Duft? Seebrise?«

»Kann ich mir nicht vorstellen, das hier ist nicht

Berlin. In Berlin ist nur eines echt, und das ist die Täuschung. Am liebsten würde ich nie mehr dorthin zurück«, platzte es aus ihr heraus, und erst beim Luftholen fiel ihr wieder ein, dass sie sich ja ein Ende bereiten wollte und ihr dieser Wunsch deshalb wohl erfüllt werden würde. Und mit Inbrunst ergänzte sie: »Ich hasse Berlin.«

Otto schwieg und trank und ließ die Eiswürfel klappern.

»Ich mag Berlin auch nicht. Hier ist es ganz passabel. Dresden und Leipzig sind wirklich schön«, stellte er dann fest. »Aber was hast du gegen unsere international gerühmte Hauptstadt, das Herz der Moderne?«

Sie schluckte trocken, malte mit dem Finger die Schatten auf der Tischdecke nach. Sie mochte ihm nicht erzählen, wie man ihr bei einer Abendgesellschaft des Verlegers Alfred Flechtheim die Tür gewiesen hatte, wie der Pöbel sie auf der Straße anspuckte, ihr »Topsau« und »Hure« hinterherrief, wie sie irgendwie zwischen Steuerschulden, Schneiderrechnungen und schwindenden Einnahmen über die Runden zu kommen versuchte. Und über die orientalischen Tänze des Herrn Morgenstern wollte sie erst recht nichts sagen. Oder um es kurzzufassen: Sie war die Inflationsprinzessin, und die Inflation war vorbei, jetzt war sie wertlos wie ein Hunderttausendmarkschein.

Vielleicht verstand Otto all das, auch ohne dass sie es erklärte? Er griff über den Tisch, legte seine Hand auf ihre, Farbreste unter den Nagelrändern und Schwielen an den Fingern. Gab es mehr Trost?

»Und wenn du es dir wünschen könntest, wo würdest du gerne leben?«

»Woher soll ich das wissen?« Sie lachte, plötzlich fröhlich, zuckte die Schultern. Es wäre ihr ganz egal, solange er seine Hand nicht von ihrer nähme. »Ich hab doch kaum etwas von der Welt gesehen. Budapest ist herrlich, die Kettenbrücke, die Fischerbastei, die Donau! Es ist alles wie aus Zuckerguss gebaut, ich kann es gar nicht beschreiben, wie schön es ist. Oder auch in Prag. Wien sowieso. Du solltest es sehen! Manchmal, wenn ich Zeit habe, lese ich Joseph Roth oder Stefan Zweig, und dann schreibe ich mir all die zauberhaften Adjektive heraus, und wenn ich das nächste Mal irgendwohin Spannendes komme, dann werde ich von ›breithufigen Pferden‹ und von den ›wie singend in den Himmel schwebenden Türmchen der Synagoge‹ erzählen können. Bitte lach nicht.«

Otto lachte nicht, und er sprach nicht. Er rauchte und trank und hielt ihre Hand.

Die Nacht war nun endgültig hereingebrochen. Es

war leicht, in der flackernden Dunkelheit von fernen Traumorten zu erzählen. Von Traumorten der Zukunft, denn die der Vergangenheit hatten ihren Zauber verbraucht. In Wien hatte sie Auftrittsverbot, in Prag hatte die Polizei sie wegen Unsittlichkeit von der Bühne gezerrt, und in Budapest, also daran mochte sie nun wirklich nicht denken. Also besser neue, noch glänzendere, noch aufregendere Städte. Irgendwo musste das Glück doch zu finden sein?

»Am liebsten würde ich Kairo sehen. Mit dem Orientexpress fahren, die Pyramiden besuchen – manchmal kaufe ich mir Reiseführer oder, besser noch, Bildbände, aber die sind immer gleich so teuer. Ich kann Stunden damit verbringen, mir auszumalen, wie ich über die Märkte von Kairo schlendere, all die Farben und die duftenden Gewürze, der Geruch des Nils. Vielleicht sind die Menschen dort anders? Besser?«

»Es bleiben Menschen, auch wenn sie anders sprechen und exotische Kleider tragen. Menschen sind immer und überall vor allem eines: Menschen. Mein Zahnarzt hat mir kürzlich erzählt, wir könnten gar nichts dafür. Wir wären eben von Natur aus so, das könne man an unserem Gebiss erkennen. Wir sind nicht fürs friedliche Pflanzenfuttern geschaffen. Wir sind Raubtiere, Bestien, in Berlin wie in Kairo. Um das zu erkennen, musst du nicht um die halbe Welt reisen. Da reichen ein paar Jahre auf französischem Boden, ein paar Stunden Blutmühle Verdun, wenn es schnell gehen soll.« Er schob sein geleertes Glas von sich, und ohne sie anzusehen, fragte er: »Warum bleibst du nicht einfach hier? Bei mir.«

In diesem Moment trat der Kellner an ihren Tisch heran. »Haben die Herrschaften noch einen Wunsch?«, fragte er, aber sie schüttelten beide nur den Kopf. Was gab es auch noch zu wünschen?

Als der Kerl wieder gegangen war, da sagte sie, was Frauen seit Jahrtausenden in dieser Situation sagten, aber Otto fand es trotz allem originell und neu, denn sie war die Berber, und von der hätte man eine solche Reaktion dann doch nicht erwartet.

»Du bist verheiratet«, sagte sie, es klang empört, aber ihre Hand zog sie nicht fort. »Du hast ein Kind.«

Er nickte, darauf fiel ihm sehr viel und sehr wenig ein, aber alles war ein großes Durcheinander. Nun rächte es sich, dass er den ganzen Abend hatte trinken müssen, um den Mut für diese wirklich nicht weiter komplizierte

Frage zu finden. Alles, was von jetzt an passierte, konnte er – wenn es denn sein musste – auf den Gin schieben, und sich ihr verschmähtes Getränk angelnd, stellte er fest: »Du bist auch verheiratet.«

»Aber bloß mit Henri. Außerdem hast doch du gefragt.«

Ihre Reaktion ärgerte ihn plötzlich sinnlos. Hatte eine Frau, die mit der halben Hauptstadt im Bett gewesen war, das Recht, seine aufrichtige Zuneigung mit derartiger moralischer Überlegenheit abzuschmettern? Nachdem sie ihm nackt Modell gestanden, nachdem sie sich von ihm ein Nachtlicht hatte schenken lassen?

Natürlich hatte sie das Recht, und wenn sie es nicht hatte, dann nahm sie es sich eben einfach, genau wie sie zudringliche Gäste, Kneipenbesitzer und Regisseure ohrfeigte.

Durfte eine Frau sich nackt zeigen und sich über Anzüglichkeiten ärgern? Provozierte sie nicht genau diese Reaktion und musste damit leben? Wie konnte sie es wagen, sich darüber zu ärgern? Wer entschied denn, ob diese Aufmerksamkeit gewünscht war und jene nicht?

Anita. Sie ganz allein.

Und trotzdem würde sich niemand um ihre Entscheidung scheren.

Sie würde daran zerbrechen, er sah es überdeutlich.

Er würde das nicht zulassen. Er konnte das nicht zulassen. Aber was sollte er denn tun?

Er sollte versuchen, nach Hause zu kommen, zu Martha, die alles für ihn aufgegeben hatte, und zu Nelly, die ihren Vater brauchte.

Er konnte sie nicht retten.

Er konnte sich Nelly und Anita gut zusammen vorstellen, wie sie durch einen Garten tobten, beide mit rotglühenden Wangen und zerzaustem Haar, oder bäuchlings auf einem Teppich liegend, Reisebildbände studierend, von fernen Ländern träumend. Sie trugen identische Kittelkleider aus hellem Leinen, und der Teppich war bunt. Er könnte das Bild sofort malen, *Meine schönen Frauen* würde er es nennen.

Er winkte dem Kellner nach noch einem Gin. Er war betrunken, zumindest das wusste er, wenn auch sonst nichts mehr, während ihm sein restliches, am Morgen noch so fest gefügtes Leben zwischen den Händen zerfiel.

Ganz plötzlich war alles so falsch, und das war es schon lange gewesen, er hatte es nur nicht gemerkt. Er wollte fliehen und wusste nicht, wohin oder mit wem. Er kannte diese Frau ihm gegenüber kaum, und doch hatte er ihre Seele gesehen.

»Es tut mir leid, Otto«, sagte sie plötzlich. Ihre Stimme war leise und zitterte vor unterdrücktem Schluchzen. »Ich kann das nicht. Deine Tochter braucht ihren Vater. Ich hatte nie einen, und schau, was aus mir geworden ist. Mein Vater hat meine Mutter verlassen, da war ich noch kein Jahr. Seine Geliebte war der Ruhm, sein ach so gefeiertes Genie. Aber es ist im Grunde egal, warum er gegangen ist. Er ist fort, weil ihm seine Geliebte wichtiger war als ich, sein eigen Fleisch und Blut.« Vor Wut bekam sie rote Wangen. »Einmal, da wollte ich ihn in München nach einem seiner Konzerte besuchen, und weißt du, was er gemacht hat? Er hat mich verleugnet, er hat sich für die Berber geschämt. Oder vielleicht hat er nicht gewagt, dem Produkt seiner väterlichen Abwesenheit gegenüberzutreten? Künstler glauben immer, sich alles erlauben zu dürfen, wegen ihrer verdammten Kunst, die jede nur erdenkliche Leidenschaft rechtfertigt. Dabei ist das nur eine Ausrede für Egoismus und Gemeinheit.«

Wie schön sie war. Ungeschminkt tausendmal bezaubernder als mit ihrer Bühnenmaske. Auch so könnte er sie malen, mit diesem zornigen Glanz in den Augen und den Palmblättern im Hintergrund.

»Glaub mir, ich weiß, wovon ich spreche. Kunst, Kunst,

Kunst, dabei ist die Berber eine der egoistischsten Personen, die ich kenne. Sie erlaubt sich einfach alles, sie geht über Leichen und gebrochene Herzen, alles für die Kunst. Aber wenigstens ist die Berber eine Künstlerin gewesen, sie hat ihre Tänze immer ernst gemeint.« Sie schüttelte den Kopf, heftig, trotzig: »Stell dir vor, sie haben mich gefragt, ob ich nicht orientalische Tänze aufführen würde. Erotische orientalische Tänze. Da wäre viel Geld mit zu verdienen, solange man zuverlässig und pünktlich arbeitet. Ich will aber nicht zuverlässig und pünktlich vor geilen Männern rumhüpfen. Die Berber ist doch keine Aufziehpuppe. Für was halten die sie? Für einen Erotikautomaten, Sinnlichkeit zur vollen Stunde, dreimal pro Abend?«

Otto betrachtete sie nachdenklich. Er verstand ihren Zorn, aber er verstand auch, dass mit orientalischen Tänzen Geld zu verdienen wäre. Von Kunst ließ sich schwer leben, das hatte er selbst zur Genüge erfahren.

»Es ist doch eigentlich ganz egal, oder?«, fragte er. »Ich meine, wofür die die Berber halten? Du bist nicht die Berber. Du bist nicht diese Person da auf der Bühne, und du bist auch nicht dieses grauenhafte verdorbene Weibsbild, das der Klatsch und die Presse aus dir gemacht haben.«

»Das waren nicht die anderen. Das war ich selbst.« Sie zuckte die Schultern, sehr klein und zerbrechlich saß sie da im Schatten. »Ich hab das ja wirklich alles getan. Oder zumindest das meiste. Ich hatte nichts mehr zu verlieren, und ich wollte doch sehen, was passiert. Ich möchte ziemlich oft einfach sehen, was passiert.«

»Wie wenn du Menschen sagst, dass du mit ihnen schlafen willst?«

»Ne, das mache ich nur, wenn ich nicht zugehört habe. Das klappt wirklich gut.« Sie nickte eifrig wie ein Kind, das einen pfiffigen Trick verriet. »Damit kann man auch langweilige Gespräche auflockern oder das Thema wechseln. Du solltest es auch probieren.«

»*Möchtest du mit mir schlafen?* Ungefähr so?«

»Siehst du, das ist gar nicht schwer«, entgegnete sie, und zum ersten Mal seit seinem Vorschlag lächelte sie wieder. Es war ein ganz neues Lächeln, eines, das er noch nie an ihr gesehen hatte. Und mit diesem Zauberlächeln fragte sie: »Sollen wir auf mein Zimmer gehen?«

»Da ist Henri!« Der Ausruf geriet ihm derart laut, von anderen Tischen drehten sich Köpfe. Und einen Moment lang tauchten in seinem vernebelten Kopf Bilder auf, perverse Praktiken zu dritt. Der Berber war so etwas zuzutrauen, man hörte so viel. Und doch war sie ein liebes

Mädchen. Wenn er nicht gewusst hätte, was er wusste, er hätte sie für ein anständiges Fräulein gehalten.

»Henri ist bestimmt aus. Er schläft nie vor sechs, sieben in der Früh. Das ist die Zeitverschiebung, weil er Amerikaner ist.« Und bei diesen Worten befreite sie ihre Hand, stand auf und flüsterte: »Komm, die Getränke gehen auf die Zimmernummer. Und du kannst morgen staunen, wie viel du getrunken hast.«

Er blickte sie ratlos an, worauf sie wieder dieses entzückende, auf keinem Bild von ihr je festgehaltene Lächeln preisgab. »Sie werden mir den halben Weinkeller und dir drei Flaschen Gin in Rechnung stellen, das ist so, wenn die Berber soupiert.«

Und während er das noch durchdachte, zog sie ihn an sich, presste ihm ihre Lippen auf den Mund, küsste ihn gierig, ausgehungert, wild, biss ihn, hatte ihre kleinen Hände schon unter seinem Hemd, in seinen Haaren, kratzte über seinen Nacken, ließ wieder von ihm ab, hauchte: »Das ist so, wenn man mit der Berber soupiert.«

Und mit normaler Stimme flüsterte sie: »Jetzt gehen wir auf mein Zimmer, und da rufen wir deine Frau an. Die macht sich bestimmt schon Sorgen.«

Martha Dix machte sich keine Sorgen. Sie kannte ihren Otto, sie wusste, was sie an ihm hatte. Und auch, was nicht: einen spaßigen Gesellschafter zum Beispiel. Oder einen Gesellschaftslöwen, obwohl er gut und gerne tanzte. Von Wein, Tabak und Literatur verstand er wenig bis gar nichts, obwohl er gerne teuer rauchte und trank und Nietzsche gelesen hatte.

Er war ein anständiger Mann, und er war rasend in sie verliebt gewesen. Das hatte ihr sehr geschmeichelt, vor allem nach Hans, der hatte sie von Anfang an betrogen, gern auch mit ihrer eigenen Schwester – die er im Übrigen jetzt geheiratet hatte und bei der ihre zwei Erstgeborenen lebten. Und sie war nur noch Tante Martha.

Sie war keine Frau, die die Mutterschaft für die höchste Erfüllung hielt, weh tat es trotzdem, jedes Mal und immer wieder.

Aber Otto war es wert. Ihr jetziges Leben war es wert. Wie glücklich sie am Anfang gewesen waren, besonders in der vollkommen verrückten Dresdner Zeit, keinen Pfennig in der Tasche und dabei so sagenhaft glücklich.

Ihr hatten die Kinder so gefehlt, und Otto hatten die Künstlerfreunde des Jungen Rheinlandes gefehlt, darum waren sie wieder zurück nach Düsseldorf. Manchmal war ihr, als langweile Otto sich hier – aber war es nicht ganz normal, dass man sich hin und wieder langweilte, insbesondere nach den nervenaufreibenden Jahren im Krieg?

Glaubte er denn, dass es für sie nicht auch manchmal etwas öde war, das Zusammenleben mit einem Mann, dessen Französischkenntnisse gerade für ein paar Flüche reichten? Sie beherrschte Englisch, Französisch, Italienisch fließend, und wenn ihr Russisch vielleicht im Gespräch manchmal ein wenig gestelzt klang, Tolstoi und Dostojewski las sie ohne große Mühe. Und während Otto bestenfalls ein paar Marschlieder und Schlager singen konnte, spielte sie das Klavier so gut, sie hatte schon manches Mal daran gedacht, mit Stundengeben Geld zu verdienen.

Sie war praktisch veranlagt, sie war es, die die Rechnungen beglich und dafür sorgte, dass morgens ein frischer Kragen und gewaschene Socken am Bett lagen. Die Heimatfront sei ihr Metier, so hatte Otto es einmal ausgedrückt, und jeder wusste, wie wichtig die Heimatfront war.

Nein, Martha Dix machte sich keine Sorgen, und sie bat das Dienstmädchen auch nicht, den Nachtmahltisch abzudecken. Das Dienstmädchen zahlte ihr Vater, genau wie die Miete.

Über dem gleichfalls von ihrem Vater finanzierten Esstisch, sich im väterlichen Silberbesteck spiegelnd, hing Ottos *Lustmord* – das grauenerregende Bild einer mageren, unbekleideten Frau mit blutverschmiertem Mund und aufgeschlitztem Schoß. Besonders die sich im Vordergrund paarenden Hunde ekelten Martha täglich aufs Neue. Sie hatte es sich trotzdem von ihm zum Geburtstag gewünscht, er mochte es, wenn sie sich furchtlos gab, erhaben über den großbürgerlichen Geschmack ihrer Erziehung. Geschmeichelt hatte es ihm, dass sie sich von all seinen Gemälden gerade das brutalste ausgesucht hatte – das war seine Frau und seine Kunst.

War der Schoß der Ermordeten tatsächlich aufgeschlitzt? Oder gar blutig gevögelt? Seit Jahren wollte sie Otto danach fragen, seit er ihr dieses Bild geschenkt hatte, wollte sie das wissen und traute sich doch nicht. Wie kam er auf diese Ideen?

Und welche Rolle spielte die Flasche links unten? Die Tatwaffe oder ein Verbrechen unter Alkoholeinfluss? Etwaige mildernde Umstände wegen Trunkenheit des Täters?

Das war eine Frage, die ihren Otto immer wieder umtrieb: Konnte ein Trunkener tatsächlich nicht mehr wissen, was er tat? Oder wusste er es genau, und es war ihm nur gleich, die Folgen nicht länger von Interesse?

Hans, ihr erster Mann, der hatte auch getrunken und Morphium gespritzt, aber Otto war nicht so. Gewiss war er auch keiner, wegen dem man sich Sorgen machen musste, nur weil er lang arbeitete.

Sie ging, sah nach, ob der Telefonhörer auch am Platz war. Er war es – noch immer, denn sie hatte vor einigen Minuten erst den gleichen Gang getan.

Nelly schlief ruhig, im Schein des Nachtlichts ballte sie die rechte Hand zum Fäustchen, atmete gleichmäßig und sorglos. Otto liebte seine Tochter, vom ersten Moment an war er in diesen winzig kleinen Menschen vernarrt gewesen.

Wo er nur blieb?

Die Berber war eine ganz gewöhnliche Nackttänzerin, von der Sorte gab es Tausende – berühmt war sie nur, weil sie sich noch ordinärer als die anderen präsentierte.

Vermutlich war sie betrunken, und er musste sie ins Hotel bringen? Eine Flasche Kognak pro Abend sollte sie trinken, dazu noch Kokain, Morphium, Opium und Äther. Das Weib war ein Drogenwrack, eine Schamlosigkeit auf dürren Beinen, nicht mehr. Und der Saal in der »Jungmühle« war nicht mal ausverkauft gewesen, die Zeiten waren wohl vorbei.

Eigentlich war die gar kein Motiv für Otto, der doch gerade dabei war, sich den Ruf zu erarbeiten, bester Porträtmaler seiner Zeit zu sein. Aber jetzt war es eben so – und am Telefon war sie wirklich überraschend reizend gewesen, gar nicht, wie man sie sich vorstellte. Mehr wie ein junges Mädchen aus gutem Haus.

Dass Otto sie bei dieser Person hatte anrufen lassen, das zeigte doch schon, dass dieses ganze Porträt nur ihr, Martha Dix, zum Gefallen entstand. Regelrecht drängen musste sie ihn. Nervös war er heute beim Weggehen gewesen, wollte Nelly beim Abschied gar nicht mehr loslassen, aber so war er immer, vor jedem neuen Bild. Die Angst vor dem Scheitern quälte ihn.

Genau wie es ihn quälte, wenn ihn das Feuilleton zu einem Antikriegsmaler stilisieren wollte oder in die Schublade der Gesellschaftskritiker steckte. Er selbst hielt sich für einen schonungslos sachlichen Chronisten seiner Zeit, das verstanden aber nur die wenigsten.

Es war also ganz gut, dass er diese Berber malte, ein frisches Motiv. Und übermorgen Abend, da saß die schon wieder im Zug nach Berlin, da gehörte sie auch hin. Wenn es nur schon so weit wäre!

Kummervoll betrachtete Martha das Telefon und fuhr fort, sich keine Sorgen zu machen.

Ihre Ehe war glücklich – natürlich nicht mehr so aufregend leidenschaftlich wie in ihren ersten Tagen, als sie Ottos liebstes Motiv gewesen war. Sie zu malen war seine zweitliebste Beschäftigung mit ihr gewesen. Wie sie sich hatten streiten und versöhnen können! Und wie viele Nächte sie durchgetanzt hatten.

Nun waren sie eben schon aneinander gewöhnt, sie hatten ein Kind, sie wussten, was sie am anderen hatten und was nicht.

Sie lauschte auf Schritte im Treppenhaus, sie starrte das Telefon an. Sie wusste, es konnte läuten, ihr Vater zahlte regelmäßig die Rechnung.

Sie würde sich hinlegen, und wenn sie aufwachte, wäre Otto neben ihr, schnarchend und nach Farbe und Tabak stinkend. Vielleicht weckte er sie wie so oft mit seinem nächtlichen Alptraumgewimmer und Geschrei? Auch daran hatte sie sich gewöhnt. Es ängstigte sie nicht länger.

Überhaupt gab es keinen Grund zur Angst, seine Abwesenheit war der Arbeit geschuldet, die räumliche jetzt, genau wie die geistige sonst. Sie waren eines der Künstlerpaare, die es schafften, für immer zusammenzubleiben, das hatte Otto ihr versprochen. Sein Versprechen zu ihrer Scheidung.

Er war kein Max Ernst, der für seine Kunst neben seiner braven, für ihn im Warenhaus Tietz Strümpfe verkaufenden Luise noch aufregende, mit guten Freunden verheiratete Russinnen brauchte. Er würde Wort halten, er war ein anständiger, manchmal vielleicht etwas gelangweilter Mann, aber er war einer von den guten. Das wusste sie, da war sie sich ganz sicher.

Und in diesem Moment begann das Telefon zu klingeln.

»Bitte stellen Sie keine Anrufe durch und sagen Sie auch niemandem, dass ich auf dem Zimmer bin«, bat Anita die Rezeption, und bevor das Fräulein von der telefonischen Vermittlung des Hotels noch etwas sagen konnte, hatte sie schon aufgehängt.

Otto saß auf dem Nachttisch und machte sein grimmiges Gesicht. Galt der Blick den von Henri zerwühlt zurückgelassenen Leintüchern?

Die waren heute Morgen noch weiß gewesen, nun waren sie speckig grau, gelblich befleckt. Das ganze Zimmer stank nach ihnen, nach Männerschweiß, Sperma, dazu eine leichte Ahnung von Erbrochenem, von Alkohol und Tabak. Das war der Geruch von Henris Welt, der Geruch der Welt der Berber.

Anita schlug der Gestank auf den Magen, und die hinterlassene Unordnung, dieses zerstreute Gewühl aus Seidenhemden, Lackschuhen, einer Peitsche und leeren Champagnerflaschen, das alles ärgerte sie. Die Berber brauchte das Chaos, aber ihr war es verhasst.

Sie ging und öffnete die Glastür zum Balkon, die kühl-feuchte Nachtluft war eine Wohltat. Mit spitzen Fingern nahm sie das Bettzeug, wollte es erst auf den Balkon zum Aushängen bringen, kapitulierte dann jedoch vor der offensichtlichen Sinnlosigkeit des Unterfangens und brachte alles ins Badezimmer. Warf es in die Badewanne und ließ Wasser einlaufen.

Sie hatte einmal versucht, sich in einer ebensolchen Badewanne umzubringen, lang war es her, nach der Sache mit ihrem Vater war es gewesen. Susi hat sie gefunden und Doktor Klapper gerufen, gerade noch rechtzeitig oder eben zu früh, wie sie lange Zeit dachte.

Jetzt war sie sich nicht mehr so sicher, es war doch schön zu leben. Auch wenn ihr Vater sie nie gewollt hatte, wenn er sie nur als lästiges Hindernis betrachtet hatte. Sie konnte ihn inzwischen verstehen. Nicht, dass er sie damals in München verleugnet hatte, nein, das nicht, das war einfach nur peinlich, aber seine grundsätzliche Entscheidung, die konnte sie nachvollziehen. Die Kunst war eine fordernde Geliebte.

Ja, dachte sie, während das Wasser einlief. Ja, vielleicht taugte Gottes Geschenk doch mehr, als sie oft geglaubt hatte? Vielleicht war es dumm, es vor der Zeit zurückzugeben? Gerade sie, die doch alles ausprobieren, alles kennenlernen und erleben wollte. Und gerade wenn man dachte, man hatte alles schon gesehen, dann begegnete man einem anderen Menschen, und plötzlich …

Ratlos schüttelte sie ihren Kopf und drehte den Hahn zu, zumindest die Wäsche war erledigt.

Auch der Gestank im Zimmer hatte sich ein wenig gelöst, aber Otto blickte noch immer unglücklich, wie gebrochen saß er, reglos und stumm, auf dem Nachttisch. Er rauchte nicht einmal.

Das Gespräch mit seiner Frau, so kurz es gewesen war, es hatte ihn furchtbare Kraft gekostet. Er war ein anständiger Mann, das Lügen fiel ihm schwer, selbst wenn es zum Besten aller war. Und wie zum Beweis platzte er heraus: »Warum durfte ich ihr nicht die Wahrheit sagen?«

Anita seufzte und fuhr fort, etwas Ordnung zu

machen, stellte die leeren Gläser zusammen, schüttete die übervollen Aschenbecher ins Klo, und das Spritzbesteck im Waschbecken, das warf sie in den Badezimmermülleimer. Sie sah Frau Leopold im Spiegel, das ungeschminkte Gesicht und das nach Hitze und Regenguss kunstlos aus der Stirn gestrichene Haar, vor allem aber jenen glücklich ruhigen Glanz in den Augen – manche glaubten, er käme mit der Mutterschaft, aber das war falsch. Er kam vom Glück der ewig gleichen, immer wiederkehrenden Hausarbeit und dem Wissen um die Liebe eines Mannes. Und nachdem sie sich das Gesicht mit einem Waschlappen abgerieben hatte, füllte sie das Zahnputzglas mit Wasser und stellte entschieden fest: »Es ist einfach besser so. Was hätte es deiner Frau genutzt, wenn sie wüsste, was passiert ist?«

»Sag nicht dauernd *deine Frau*«, versetzte er, obwohl es das erste Mal war, und nach dem Wasser und dem gereichten Aspirin greifend ergänzte er: »Außerdem ist überhaupt nichts passiert.«

»Nein? Na, dann hättest du ihr ja auch nichts zu erzählen gehabt.«

Er funkelte sie an. Sie mochte seine Augen und die Art, wie er manchmal mit den Lippen zuckte, immer dann, wenn ihn etwas ärgerte, er aber keine Erwiderung wusste. Und auch jetzt wechselte er einfach das Thema: »Ich finde es schrecklich, dass sie jetzt denkt, du seist zu betrunken, so dass ich dich nicht allein lassen könnte. Das tut mir weh.«

»Ach, Otto. Das ist doch vollkommen egal, was sie denkt. Wir beide, wir kennen die Wahrheit, und über mich sind schon viel hässlichere Lügen verbreitet worden«, stellte Anita fest. »Die Menschen klatschen eben gerne, und wenn Anita Berber pünktlich zum Scheidungsanwalt kommt, in getupfter Bluse und Plisseerock, dann ist das keine Geschichte. Genau wie deine Eltern nicht die abgearbeiteten Proletarier sind, als die du sie gemalt hast – wir sind Künstler, wir müssen dem Publikum auch geben, was es sich wünscht.«

Er sah so traurig und verzweifelt aus, sie musste einen Moment im Aufräumen innehalten und ihm über die bartstopplige Wange streichen. Der Mann war im Krieg gewesen, hatte selbst Menschen getötet, hatte für seine Kunst Prozesse geführt und gehungert, aber nun saß er hier auf ihrem Nachttisch und war unglücklich über die Schlechtigkeit der Welt.

Niemals konnte er mit ihr leben, das spürte Anita ganz genau, zerbrechen würde er an den Schlagzeilen, an den schweinischen Zurufen aus dem Publikum. Er konnte sich nicht mit jedem betrunkenen Arbeiter schlagen, den Journalisten nicht mehr Geist einbrüllen.

Und sie, sie konnte das Tanzen nicht aufgeben. Damals bei Fritz hatte sie geglaubt, es zu können, aber da war sie jung und dumm vor Verliebtheit gewesen. Sie hätte es nicht gekonnt, kreuzunglücklich wäre sie geworden, und schlimmer noch, es wäre ein mattes, langweiliges Unglück ohne Größe und Tragödie gewesen. Das öde Unglück ungezählter Frauen, die für ein Kinngrübchen, Tulpen und eine Schar Kinder ihre Träume aufgegeben hatten. Dann doch besser das schneidende, chaotische, maßlose Unglück der Berber.

Immer weiter würde sie tanzen, vor leeren Sälen, wenn es denn sein musste. Auch ihre Kunst war ein fordernder Liebhaber. Nur der Tod, mit seinem schmachtenden Sehnsuchtsblick, konnte ihn manchmal ausstechen – doch nie für lange, nein, nie für lange.

Sie hauchte Otto einen Kuss auf die Stirn, einen sanften Ehefrauenkuss, und gab ihm mit einer wedelnden Geste zu verstehen, die Füße anzuheben. Sie wollte die herumliegende Kleidung aufräumen, plauderte dabei betont fröhlich: »Kennst du die Geschichte von dem Abend, an dem die Männer wieder besonders wild hinter mir her waren und ich gesagt habe: ›Jetzt machen wir das doch ganz einfach. Sie stellen sich schön der Reihe nach an. Ich schlafe schon mit jedem, jeder kommt dran.‹«

Otto grinste, und sie musste auch grinsen, auch wenn es gar nicht lustig war. Man musste versuchen zu lachen, genau wie über all die Geschichten mit Fritz Lang, dem Regisseur. Der wollte nicht anstehen und fragen auch nicht, der hatte einfach versuchsweise mal zugelangt, und sie hatte ihm das Knie zwischen die Beine gerammt. Seitdem galt sie bei ihm als unzuverlässig – wo käme man da auch hin, wenn man sich nicht einmal mehr auf die Willigkeit eines Starlets verlassen konnte? Das war das erste Mal, aber sie sollte noch sehr oft wegen Unzuverlässigkeit gefeuert werden. Manchmal sicher auch zu Recht, oft war sie zu spät gekommen oder betrunken oder beides gewesen, sie hatte es anders nicht mehr ausgehalten, die blanke Gier in den Augen der Männer. Und der Frauen. Dabei wusste sie genau, dass das zum Geschäft gehörte: Wer sein Geld als Nackttänzerin verdiente, sollte sich über ein vor Geilheit sabberndes Publikum freuen, sollte über schweißfeuchte Grabschhände lachen können. Eigentlich war es ja ein Kompliment.

War es nicht, es war einfach nur erniedrigend.

Auch wenn es nun mal die Spielregeln waren, allseits so bekannt, dass sie nicht mehr erklärt werden mussten. Es wäre an der Zeit für einen neuen Regelkatalog.

Das Zimmer stank noch immer, es musste die Matratze oder der Teppich sein. Nicht auszuhalten war es hier drin.

»Komm«, sagte Anita, dann nahm sie ihren schönen Zobel über den Arm, reichte dem verblüfften Otto die Hand und führte ihn auf den kleinen Fin-de-Siècle-Balkon. Er war schmal, aber sie waren beide nicht besonders groß oder dick. Vorsichtig breitete sie das Fell auf den Fliesen aus, sie setzten sich nebeneinander, schoben die Beine zwischen den Geländerstreben hindurch und ließen sie baumeln. Unter ihnen brauste nächtlicher Verkehr über die noch immer feucht glänzende Straße, über ihnen leuchteten die Sterne.

So viele Lichter.

So viel Funkeln.

So viel Dunkelheit.

In der Ferne stritten Katzen, grölten Betrunkene von der Schönheit des Soldatenhandwerks, und das Hotelorchester spielte noch immer mit unverdrossenem Schwung Charleston. Der Sänger schmalzte von der Liebe und dachte doch nur an die nahe Sperrstunde, an Feierabend, Butterbrot und Bett.

Die Luft war kühl, aber sie saßen eng beieinander, spürten die Wärme der Haut des anderen, am Nachtlicht zündeten sie sich eine letzte gemeinsame Zigarette an.

Bald schon würde es hell werden, dann war die Dunkelheit wieder einmal besiegt. Übermorgen Abend ging ihr Zug nach Berlin. Und wenn sie doch einfach hierblieb?

Vielleicht könnte sie eine Tanzschule aufmachen. Für sinnliche Tänze. Und das Besondere wäre, dass sie alle Frauen unterrichten würde, nicht nur die hübschen, jungen, dürren. Bei ihr dürften alle Frauen nackt tanzen, dicke, dünne, große, kleine, alte, junge und ganz besonders die mit der Figur einer Johanna Ey. Wenn sie an deren verhüllenden Samtüberwurf dachte, da wurde sie ganz traurig.

Man musste nicht aussehen wie die Berber, um Freude am eigenen Körper zu haben. Sie selbst hatte oft genug keine an ihrem. So eine Schule, die würde ihr Spaß machen – aber es änderte ja nichts.

Otto hatte ein Kind.

Die Berber kreischte in Anitas Kopf, so laut und gellend, am liebsten hätten Anita und Frau Leopold sich die Ohren zugehalten.

Es war doch ganz gleich, andere Männer, mit denen

sie sich vergnügt hatte, hatten bestimmt auch Kinder und aufopferungsvolle Gattinnen gehabt. Und hatte es die gestört? Es gehörten wohl immer noch zwei dazu.

Wenn er wollte, dann konnte es um die Ehe kaum besonders rosig bestellt sein. Wenn sie ihn sich nicht schnappte, dann kam irgendein anderes dahergelaufenes Flittchen, und das scherte sich einen Dreck um das süße kleine Nellylein und all die ach so großen Opfer von Martha.

Am liebsten hätte Anita losgeheult. Sie wusste, dass die Berber log. Das Weib log, wenn es den Mund auftat, und doch wollte sie ihr gerne glauben. Sie hasste Martha Dix, weil sie schneller gewesen war, und sie hasste sich selbst, weil sie genau wusste, dass Otto mit ihr unglücklich würde. Niemals spräche ein Scheidungsrichter ihm Nelly zu, einem ziemlich mittellosen Künstler, schuldig geschieden und mit einer republikbekannten Nackttänzerin verbandelt.

Das konnte sie Otto nicht antun, und vor allem konnte sie das Nelly nicht antun. Sie wusste ja selbst nur zu gut, wie das war, wenn sich der eigene Vater gegen einen entschied, und es sollte ihr keiner erzählen, das Mädchen sei noch zu klein. Sie war im selben Alter, etwas jünger sogar noch gewesen, und wenn sie auch die Hintergründe nicht verstanden hatte, dann doch eines ganz genau: Sie war nicht gut, nicht wertvoll genug gewesen, um ihren Vater zu halten.

Das einem unschuldigen Menschen anzutun, das brachte nicht einmal die Berber fertig. Es gehörten tatsächlich immer zwei dazu, und sie würde nicht die Frau sein, die dazugehörte. Zumindest nicht jetzt, vielleicht später. Wenn Nelly größer war.

Und bis dahin? Bis dahin würde sie eben weitermachen, weitertanzen, und zwar genau so, wie sie es wollte.

Sie war Anita Berber, ihr schrieb niemand vor, wie und wen sie liebte. Das entschied sie selbst, ihre Maßstäbe waren hoch, und es waren ihre eigenen.

Sie war die Berber, und niemand schrieb der Berber vor, wie sie zu tanzen hatte. Kein Feuilleton, keine Sittenpolizei und ganz bestimmt kein Herr Morgenstern.

Und gerade als sie all das Otto erklären wollte, da flüsterte er ihr ins Ohr: »Weißt du was, ich glaube, du hattest recht. Es riecht tatsächlich ein bisschen nach Meer.«

Vermutlich hatte man im Hotel »Schwarzer Bock« seit Anitas Eintreffen schon so einiges gesehen, und doch konnte sich der Concierge eine gerunzelte Augenbraue bei ihrem Anblick nicht verkneifen. Susi mit verschwitzter Schminke, im von der nächtlichen Zugfahrt zerknitterten Abendkleid und ohne Mantel, den an der Garderobe auszulösen, hätte zu lange gedauert. Und Doktor Klapper in einem durchaus eleganten Trenchcoat englischen Fabrikats, doch unrasiert und unter dem schönen Mantel im blau-weiß gestreiften Pyjama. Eine seiner Ehefrauen hatte einmal gesagt, in einem gebügelten Schlafanzug sei man immer korrekt gekleidet, aber Doktor Klapper bezweifelte doch, dass sie damit Hotellobbys gemeint hatte.

»Zu Frau Berber also wollen Sie«, stellte der Concierge fest, wobei er sich gar nicht erst die Mühe machte, seine Verachtung über sie alle drei zu verheimlichen. »Soweit ich weiß, wollte Frau Berber nicht gestört werden. Ihrem Gatten mussten wir erst vor einer halben Stunde dieselbe Auskunft geben.«

»Wo ist Henri?«, stieß Susi hervor und begann, wie schon im Nachtexpress von Berlin, hektische Rhythmen auf den Marmortresen zu klopfen. »Hat er Anita heute gesehen?«

»Das würde mich wundern.« Der Concierge wurde, falls überhaupt möglich, noch ein wenig eisiger. »Wir sahen uns genötigt, den jungen Herrn bei den Koffern einzuquartieren. Er machte einen sehr animierten Eindruck.«

»Die Zimmernummer von Frau Berber?«, verlangte Doktor Klapper nun energisch, und hierbei kam ihm seine Zeit als Militärarzt sehr zupass. Sein Ton war schneidend, befehlsgewohnt und duldete keine Widerworte. Auch der Concierge schrumpfte unter diesen wohlvertrauten Kasernentönen wieder auf Gefreitengröße, und er beeilte sich, ein zackiges »Jawohl, die Zimmernummer. 42, jawohl« zu entgegnen.

»Los jetzt!«, kommandierte Doktor Klapper und trieb Susi mit einer herrischen Bewegung in Richtung Treppenhaus, der Aufzug war ihm zu langsam. Jede Sekunde konnte zählen, wenn sie nur noch nicht zu spät waren.

Seit ihn dieses Telegramm gestern Abend erreicht hatte, war er halb wahnsinnig vor Angst um Anita. Seine Anita, seine Heilige, von Gott, diesem Spötter, auserkoren, einen alten Abtreibungsarzt zu bekehren. Er hatte den brennenden Dornbusch in der Tasche seines Trenchcoats. Wenn es nur nicht zu spät war.

Keuchend hetzten sie die wenig eleganten, eigentlich dem Dienstpersonal vorbehaltenen Stufen empor, drängelten sich fluchend an einem Zimmermädchen mit silbernem Frühstückstablett vorbei, erreichten atemlos den vierten Stock, stürzten auf den Gang, blickten sich nach Luft ringend um, dort, die 42! Susi klopfte, hämmerte dann in wilder Verzweiflung gegen die Tür.

»Ich brech sie auf«, bestimmte Doktor Klapper, und er hätte es bestimmt tatsächlich gemacht, hätte sie sich nicht in eben diesem Moment von selbst geöffnet.

»Was ist los?«, fragte Anita, und sie war ganz lebendig und nur ein bisschen verschlafen und mit einem hastig übergeworfenen Männerhemd bekleidet, wozu sie morgens um halb acht ja auch alle Erlaubnis hatte. Dann aber erkannte sie Doktor Klapper, fiel ihm überschwänglich um den Hals, küsste seine knochige Nase, ließ von ihm ab, presste Susi an ihre flache Brust, rief überrascht aus: »Wie seht ihr denn aus? Kommt ihr von einem Kostümball? Und was macht ihr überhaupt hier? Habt ihr Sehnsucht nach mir gehabt? Mir habt ihr auch gefehlt. Kein kalter Aufschnitt, ich hab euch top vermisst!«

»Du dumme Trine, warum gehst du auch nicht ans Telefon?«, schimpfte Susi los, aber vor lauter Freude misslang ihr der strenge Ton. »Wir dachten, du hättest dir etwas angetan. Wegen dem Morgenstern und seinen Vorschlägen! Du warst so seltsam, so gar nicht unsere geliebte kleine Anni.«

»Und nun schau, was wir hier haben!«, rief Doktor Klapper und hielt seinen brennenden Dornbusch empor. Nur dass der für alle anderen aussah wie ein ganz gewöhnliches, ziemlich ramponiertes Telegramm. »Schau, was gestern Abend kam.«

Aber da bemerkte er, dass da noch jemand in der seltsam aufgeräumten Suite war. Ein Mann.

»Guten Morgen, die Herrschaften«, sagte der Mann, der im Übrigen einen von Henris Bademänteln trug und rechts rasiert, links aber noch eingeschäumt war. »Darf ich mich vorstellen: Otto Dix.«

Doktor Klapper blickte ärgerlich. Der Kerl war ihm lästig, weil er ihm seine wundervollen Neuigkeiten durcheinanderbrachte. Seinen ganz großen Auftritt machte der kaputt!

Er wollte sich gar nicht vorstellen, was der Verkündigungsengel gesagt hätte, wenn da plötzlich, mitten in den Gesang der himmlischen Heerscharen, so ein halb rasierter Fremder hereingeplatzt wäre. Doktor Klapper, der in seiner neuen Funktion als Gottesbote noch recht unerfahren war, beließ es jedenfalls bei einem schneidigen »Angenehm« und fuhr fort, mit seinem Telegramm zu wedeln.

»Was ist das denn?«, fragte Anita, aber auch sie war nicht halb so glücklich aufgeregt, wie er sich das erhofft hatte, und so sagte er entschlossen: »Wird nicht sofort verraten. Susi, der Champagner!«

»Ich hol die Badgläser«, bot sich der Störenfried an, während Doktor Klapper mit dem Korken der mitgebrachten Flasche kämpfte. Peng machte er, und schäumend ergoss sich die handwarme Brühe über die Hände des Mediziners, gerade in dem Augenblick, in dem eine kleine, ziemlich mollige Frau in der Tür der Suite erschien.

»Bin ich hier richtig? Ist das das Zimmer von Frau Berber?« Suchend sah sie sich um, erklärte dann eisig: »Ich bin Frau Dix. Ich wollte meinen Mann besuchen.«

»Mutzli«, rief der Halbrasierte, und Doktor Klapper vermochte nicht zu sagen, ob es ein Ausruf der Freude oder der Furcht war. Jedenfalls hatte der Kerl beim Verlassen des Badezimmers nun plötzlich keinen Rasierschaum mehr im Gesicht, dafür trug er Hemd und Hose, wenn auch beides nicht ganz richtig geknöpft und der Kragen vom hastigen Waschen dunkel feucht. »Was machst du denn hier?«

»Guten Morgen, Frau Dix! Wie schön, dass Sie da sind«, preschte Anita vor, strahlend wie beim Anblick einer lang vermissten Freundin, schüttelte der Gattin ihres Zimmerherrn herzlich die Hand, wobei die Frau ganz offensichtlich nicht recht wusste, was von so viel Freude zu halten war. »Ihr Otto ist ein solcher Schatz! Sie können sich nicht vorstellen, wie liebenswert er zu mir war. Ich muss gestehen, ich war gestern ganz furchtbar beschwipst. Es muss an der Hitze gelegen haben, ach, ich darf gar nicht daran denken. Ich musste mich so fürchterlich übergeben, sehen Sie selbst, das ganze Bettzeug ist im Bad, und der arme Otto, sehen Sie seinen Kragen, den habe ich auch erwischt. Es ist mir ja so unsagbar peinlich.«

Doktor Klapper und Susi tauschten einen langen Blick, dann zuckten sie beide innerlich die Schultern. Auch wirklich gute Freunde mussten nicht alles über den anderen wissen, vielleicht waren das sogar die besten?

Und entschlossen, nun endlich seiner neuen Profession als Gottesbote nachzukommen, erklärte Doktor Klapper schon leicht entnervt: »Jetzt aber. Anita, mein Schatz, setz dich hin. So, Champagnerglas in die Hand, und nun mach die Ohren auf. Das hier!« Er deutete auf das inzwischen schon vollkommen zerknüllte Telegramm. »Das hier ist ein veritables Wunder. Ein bestens bezahltes Dreimonatsengagement für ›Die Tänze des Lasters, des Grauens und der Ekstase‹. Anreise und Abreise, Unterbringung und Verpflegung inklusive, alles natürlich erster Klasse.«

»Aber wie?«, stammelte Anita, ganz blass war sie geworden. Und dann sagte sie: »Warte!«, verschwand ins Bad, ließ die ungleich zusammengewürfelte Gesellschaft etwas ungemütlich warten, kam dann wieder und war: die Berber. Rote Lippen, hell gepuderte Wangen und statt des Männerhemdes ein rotes, eng anliegendes Abendkleid. »So, jetzt bin ich bereit«, hauchte sie, rauchig, verführerisch, die Stimme einer Nachtdämonin.

»Ein Herr hat dich neulich in Wiesbaden tanzen sehen. An dem Abend, an dem ich dich auch gesehen habe. Und er war so begeistert, dass er dich unbedingt wieder und wieder tanzen sehen will. Es trifft sich ganz gut, dass der kunstsinnige Herr nicht nur Diplomat für das Empire, sondern auch Mitbesitzer eines Grandhotels ist.« Seinen größten Trumpf, den hatte sich Doktor Klapper bis ganz zum Schluss aufgehoben. Erst als alle, selbst die nicht ganz glückliche Frau Dix, ihren Champagner hatten, hob er sein Glas und verkündete feierlich: »Auf dein neues Engagement. Auf deine Tournee nach Kairo!«

Kairo,
Herbst 1925

Anita stand auf dem Balkon ihres Hotelzimmers und blickte hinaus auf den Hafen. Das Geschrei der Möwen, das ferne, ihr unverständliche Fluchen der Seeleute, der Packer und das wohlvertraute, überall gleiche Brummen der Automobile.

In einem schwarzen, goldbestickten Seidenkimono beobachtete die Berber, die allabendliche Sensation der Bar »Zum Krokodil«, wie die Sonne glühend im Meer versank. In der einen Hand hielt sie die unterarmlange Zigarettenspitze, in der anderen den eben angekommenen Brief. Er war von Otto.

Das Bild war fertig, schon seit ein paar Wochen, nur war er vorher nicht zum Schreiben gekommen, ihres Umzuges wegen. In Berlin, auf dem noblen Kaiserdamm, wohnten er und seine Frau nun, die Miete hatte der Schwiegerpapa für sieben Jahre im Voraus beglichen. Alles für den Erhalt der Ehe und gegen die Langeweile des großen Künstlers. Otto war spöttisch, und sie wusste, wie seine Lippen gezuckt haben mussten, als er ihr davon schrieb. Berlin sei sehr laut, und es regne ständig, viel Gerede habe es um ihr Verschwinden gegeben.

Er schrieb nicht, dass sie ihm fehlte. Und er fragte auch nicht, ob es die richtige Entscheidung gewesen war.

War es die richtige?

Wer wusste das schon.

Zumindest durfte sie tanzen, Abend für Abend vor andächtigem Publikum, Abend für Abend der donnernde, sie wohlig umpeitschende Applaus. War es das wert?

Vielleicht waren Erfolg und Ruhm nie den Preis wert, vielleicht merkte man immer erst zu spät, dass man zu viel bezahlt hatte, übers Ohr gehauen wurde?

Sie hustete trocken. Das Rauchen, sie sollte es sein lassen.

Und doch war ihre Entscheidung richtig. Wenn sie eines Tages in die Arme ihres letzten Liebhabers sinken würde, dann musste sie sich einer Sünde weniger stellen. Sie hatte auch so schon genügend. Manchmal fragte sie sich, was aus jenem Billardspieler geworden war, den sie damals, vor vielen, vielen Ewigkeiten nun schon, niedergeschlagen hatte.

Und was war aus der Offiziersgattin geworden, die ihr bei der Flucht aus Budapest geholfen hatte, damals auf dem Bahngleis, als sie ihr erstes und einziges Kind verlor? Was aus den anderen Tänzerinnen der Madame Sacchetto und was aus dem Nacktballett der Celly de Rheidt?

Die Tür ihrer Suite schlug, und sie drehte sich rasch um, blies Henri einen flüchtigen Kuss zu, der fing ihn lachend aus der Luft. »Zieh dich an, Schönste. In einer halben Stunde ist es Zeit.«

»Ich komme gleich, Darling«, rief sie und versteckte hastig ihre Lesebrille.

Henri liebte Kairo, die Stricher waren billig und das Kokain gut. Gestern nach der Vorstellung hatte er sie in den Arm geschlossen und »I love you« geflüstert. So hatte sie am Ende doch noch eine glückliche Ehe bekommen, auch wenn seine Kehrseite sie täglich mehr an eine Ente erinnerte.

Darüber musste sie so lachen, dass der Husten schon wieder einsetzte. Wenn sie hustete, konnte sie oft nicht mehr aufhören, aber diesmal ging der Anfall schnell vorbei. Mit zärtlichen Fingern fuhr sie über Ottos Brief.

Es war die richtige Entscheidung.

Obwohl sie seine Frau nicht leiden konnte. Wie die an jenem zweiten, jenem dritten Tag beim Modellstehen herumgeschlichen war, keine Sekunde von ihrer Seite war sie gewichen. Wie sie jetzt überall rumerzählte, sie habe sich für 200 Mark prostituiert! Na, wenigstens wäre für sie einer bereit, Geld auszugeben, die fette Wachtel müsste selbst zahlen – Stichwort Mietzahlung durch den Herrn Papa.

Ach, sie war ungerecht, und sie wusste es selbst. Aber durfte man als Frau nicht manchmal auch ein bisschen ungerecht sein? Sie sagte es ja nicht laut.

Sie dachte nicht gerne an diese finale Sitzung unter dem wachsamen Auge der Frau Dix, halb erstickt war sie in jenem dunkelgrünen Rollkragenkleid, und Doktor Klapper war hin und her gerannt, hatte ihr eine Eislimonade nach der anderen gebracht. Doktor Klapper fehlte ihr sehr, aber er wollte sie in Damaskus besuchen – vielleicht sogar mit Susi, wenn Viktoria es erlaubte, also eher nur er allein.

Sie wünschte, sie hätte das fertige Bild gesehen, doch da war sie schon in Hamburg gewesen, für einen letzten triumphalen Auftritt im »Alkazar«. Der Saal restlos ausverkauft, selbst die eigens für diesen Abend eingerichteten Stehplätze besetzt bis in die letzte Ecke. Das Publikum ehrfurchtsvoll und andächtig, man brachte ihr Blumen zum Abschied, rote Rosen, und statt »Topsau« rief man »Anita, wir lieben dich!«, »Lang lebe die Königin« und »Komm bald wieder!«. Kaum ging sie, vermisste man sie. Welch Ironie nach all dem Spott und all den Demütigungen.

Selbst Otto, in den letzten Zügen vom *Bildnis der Tänzerin Anita Berber* und im Beginn eines Umzuges, der seine Ehe retten sollte, selbst er hatte an jenem Abend an sie gedacht und ihr ein Bild geschickt. Eine kleine Bleistiftzeichnung, sie sich auf dem Bett übergebend, er mit keuschem Blick den Eimer haltend, über seinem Kopf strahlend hell ein Heiligenschein. Titel: *St. Ottonius, Heiliger der Erbrecher.*

Sie hatte die Zeichnung gerahmt, und nun stand sie auf ihrem Schminktisch, direkt gegenüber der Fotografie von Fritz. Sie hatte es tatsächlich geschafft, seinen Eltern zu schreiben und um einen Abzug zu bitten, nun sahen sich ihre beiden beinahe Ehemänner beständig an. Sie schienen sich gut zu verstehen, manchmal war ihr, als grinse Fritz über Ottos Heuchelei, und manchmal war ihr, als übertreibe Otto nur, um Fritz zum Lachen zu bringen.

Otto schrieb, er habe ihr Gesicht älter gemacht, weil sie vielleicht so einmal aussehen würde, wenn sie eine gemeinsame Zukunft hätten.

»Komm, Liebling. Es eilt jetzt langsam. Soll ich dir auch eine Spritze aufziehen?«

Sie zögerte einen Moment, dann sagte sie: »Ja, bitte.«

Heute noch, morgen würde damit endgültig Schluss sein. Wieder musste sie husten, konnte sich kaum beruhigen, der Blutgeschmack im Mund war ekelhaft, hatte aber nichts zu bedeuten.

Sie hatte noch so viele Träume, so viele Engagements: Bukarest, Bagdad, Alexandria, Athen, in Beirut zwölf verschiedene Nachtclubs in fünf Tagen. Endlich verstand man sie. Berlin bettelte um die Rückkehr der Königin, Hamburg verging vor Sehnsucht – kaum war sie fort, war sie Legende.

Sie wollte noch so viel tanzen, sie hatte noch so viel zu geben.

Und irgendwann würde sie Otto wiedersehen, und dann, dann würde es der richtige Zeitpunkt sein.

Wie jeden Abend zündete sie das Nachtlicht auf dem Balkon an, ihr Leuchtturm von Pharos.

Sie spuckte das Blut auf den Boden und holte tief Luft.

Sie konnte das Meer riechen.

November 1928

Er hatte schon in der Zeitung davon gelesen. Von ihrem Tod und dem großen, geschmacklosen Rummel um ihre Beerdigung, von den von Massen blockierten Straßen, Männern mit Gummibusen und Frauen mit Lederstiefeln. Klaus Mann kam als bester Freund von eignen Gnaden, und Henri war so betrunken, dass er beinahe dem Sarg hinterherfiel.

Und nun dieser Brief.

Wie ein Schlag in den Magen, die Wucht des Hiebes traf ihn unvorbereitet, und einen Moment schnappte er tatsächlich nach Luft, öffnete dann den Umschlag mit dem zitternden Finger. Entgegen fiel ihm ein Zettel, und die kleine Karikatur, die er für ihren Auftritt damals im »Alkazar« gemalt hatte. Er würde sie später verbrennen, den Zettel aber entfaltete er sorgsam.

In schwer lesbaren, herrisch ausgreifenden Buchstaben stand dort:

Hochverehrter Herr Dix,
beiliegendes Bild schicke ich Ihnen im Namen unserer gemeinsamen Freundin Anita. Es hat sie überallhin begleitet, sogar noch ins Bethanien-Krankenhaus. Sie ist gestorben, wie sie gelebt hat. Mit rougierten Lippen.

Hochachtungsvoll, Doktor Klapper

Otto schluckte trocken, dann suchte er einen weiteren Brief, eine Anfrage der Stadt Nürnberg, eine Bitte um den Verkauf des *Bildnisses der Tänzerin Anita Berber.* Sein Meisterwerk, in Öl hatte er sie schließlich gemalt, in jenem wie angegossen sitzenden Nacktkleid, brandrot vor dem rotorangen Hintergrund, das Gesicht kalkweiß, die Nasenlöcher gerötet, wie man das von der Nachtdämonin erwarten mochte. Ihr Blick kokett, abschätzig am Betrachter vorbei, aber wenn man genau hinsah, dann konnte man die Angst und die Einsamkeit darin sehen.

Ja, es war sein Meisterwerk geworden.

Zusagen!, schmierte er über den oberen Rand der Nürnberger Anfrage, und dann warf er das Papier Martha zur Beantwortung auf ihren Schreibtisch.

Wenn er schon nicht mit Anita leben durfte, dann wollte er wenigstens mit ihr unsterblich sein.

Nachwort

Wenn alle einen Körper wie ich hätten, dann würden alle nackt gehen.« Dieser Satz war meine erste Berührung mit Anita Berber, und obwohl ich nicht mehr sagen kann, wie viele Jahre seither verstrichen sind, hat mich dieses Berliner Original mit seiner Chuzpe nicht wieder losgelassen. Und je mehr Monographien ich über die Berber las, desto mehr faszinierte sie mich – ihr wilder Lebenshunger, ihre Verletzlichkeit und auch ihr früher Tod waren für mich immer sinnbildlich für die junge Weimarer Republik.

Zahlreiche Essays und wissenschaftliche Abhandlungen sind über die Künstlerin schon verfasst worden, wobei besonders die Werke von Lothar Fischer getrost als kanonisch bezeichnet werden dürfen. Hervorzuheben ist auch Joe Jenčíks »Anita Berber. Studie«, die eine sehr detaillierte Schilderung ihrer Tänze und deren Wirkung auf das Publikum bietet. Für den englischsprachigen Raum sei noch Mel Gordons »The Seven Addictions and Five Professions of Anita Berber« erwähnt.

Neben einem in den Achtzigern erschienenen Film hat es bereits einen Roman über Anita Berber gegeben – von Journalist Leo Lania kurz nach Anitas Tod verfasst und leider sehr reißerisch, trotz oder gerade wegen der Mitwirkung zahlreicher ihrer Freunde und Weggefährten. Auch blieb mir die Künstlerin in diesem Wust aus Anekdoten und Klatsch beständig fremd, so dass ich schließlich auf die Idee verfiel, selbst einen Roman über »die Berber« zu verfassen.

Und genau das will »Die rote Tänzerin« sein: ein in großen Teilen fiktiver Roman, der sich, ausgehend von historischen Fakten, zahlreiche Freiheiten erlaubt, um der Leserin und dem Leser einen kleinen Eindruck zu vermitteln, wie Anita Berber gewesen sein könnte.

Zu meinen Freiheiten gehört zuallererst die Figur des Fritz Leopold. Niemand weiß, ob und von wem Anita Berbers Herz je gebrochen wurde, doch fand ich den historisch dokumentierten charakterlichen Bruch nach ihrer ersten Budapest-Tournee sehr offensichtlich. War sie zuvor vor allem hübsch, kokett und bestenfalls ein bisschen frech, vollzog sich hier die Geburtsstunde der Berber, mit ihrem starken Make-up und ihrem Habitus einer Femme fatale. Den wahren Grund für diesen Wandel kennt die Forschung nicht, vielleicht entsprang er auch schlicht der Kriegs- und Revolutionserfahrung.

Mehrfach habe ich mit den Zeiten gespielt: So fand die demütigende Begegnung mit ihrem Vater, dem Geigenvirtuosen, historisch erst 1927 statt, und die erste Begegnung mit Sebastian Droste war wohl nicht im Rahmen eines Nacktballetts.

Von meiner künstlerischen Freiheit habe ich auch in Bezug auf Susi Wanowski Gebrauch gemacht. Sie hat tatsächlich gelebt und war Anitas beste, nicht nur platonische Freundin, allerdings war die historische Susi angeblich selbst die Inhaberin der »Comobar«. Mir kommt das eher unwahrscheinlich vor, zumal sich Susi schwerpunktmäßig um die Engagements, die Verträge und sonstigen Verpflichtungen der Berber gekümmert hat. Mit dem ebenfalls sehr zeitintensiven Betreiben eines Nachtclubs erscheint mir das unvereinbar, da Susi ihren Schützling außerdem meist auf Reisen begleitete.

Dramaturgische Gründe hat auch das Auftreten des fiktiven Benjamin Morgenstern – derartige Anfragen und Absichten sind historisch überliefert, doch erfolgten sie nicht gezielt durch einen einzigen Agenten.

Ähnlich verhält es sich mit Anitas und Henris Tournee durch den Nahen Osten. Sie hat stattgefunden und war anfänglich ein großer Erfolg, aber sie stand nicht in direktem Zusammenhang mit Anitas Auftritt in Wiesbaden. Das Wort *anfänglich* zeigt es schon an – die Wirklichkeit hat der Künstlerin leider ein trostloses Ende beschert. Auch im Orient konnte sie ihren zahlreichen Süchten nicht dauerhaft entsagen, so dass sie schließlich nach abenteuerlicher Rückreise in Berlin vollkommen verarmt an Tuberkulose verstarb.

Dass das Modellsitzen für Otto Dix historisch ist, zeigt schon die Existenz des heute – nach unzähligen Umwegen – in Stuttgart ausgestellten Bildes, aber was tatsächlich in den drei gemeinsamen Tagen passierte oder nicht passierte, weiß heute niemand mehr.

Fakt ist, dass Otto Dix relativ knapp danach in eine vom Schwiegervater bezahlte Berliner Wohnung umzog. Fakt ist auch, dass er seine Frau Martha jahrzehntelang mit einer Zweitfamilie betrog, wovor Martha konsequent die Augen verschloss. Und Fakt ist auch Martha Dix' zum Abschluss folgende Aussage, für mich ein herausragendes Beispiel für subtile Boshaftigkeit: »Während sich Anita eine Stunde lang schminkte, trank sie eine Flasche Cognac. – Ja, und das Auf-den-Strich-Gehen, das war ja klar. Wir gingen in Wiesbaden spazieren, und sie nahm jede Gelegenheit wahr. Jemand sprach sie an, und sie sagte: 200 Mark. Ich fand das gar nicht so furchtbar. Irgendwie musste sie ja Geld verdienen. Die teuren Kostüme waren selbst zu stellen, wenn sie auftrat als Tänzerin. Das konnte ja gar nicht viel einbringen.« Und gönnerhaft hängte Martha noch an: »Die war eben so charmant, so lieb, ganz natürlich und reizend.«*

Mag jeder selbst entscheiden, warum die sonst so tolerante Martha Dix hier derart die Krallen zeigte. Meine Auslegung in diesem Roman ist nur eine Möglichkeit unter vielen.

* Lothar Fischer, Anita Berber – ein getanztes Leben. S. 131.

Danksagung

Mein Dank gilt wieder einmal meiner zauberhaften Lektorin Christina Weiser, die mich gewohnt professionell und zuverlässig durch diesen Roman begleitet hat. Danken möchte ich auch meiner Agentin Conny Heindl, deren Einsatz dieses Buch überhaupt erst ermöglicht hat.

Und besonderer Dank gebührt natürlich meinen »Männern«, die mehr als einmal ins Technikmuseum abgeschoben wurden, damit ich Ruhe zum Arbeiten hatte. Ihr seid einfach wundervoll, danke!